Eu,
a puta de
Rembrandt

Sylvie Matton

Eu, a puta de Rembrandt

ROMANCE

Tradução
Marisa Motta

JOSÉ OLYMPIO
EDITORA

Título do original em francês
MOI, LA PUTAIN DE REMBRANDT

© *Éditions PLON, 1998*

Reservam-se os direitos desta edição à
EDITORA JOSÉ OLYMPIO LTDA.
Rua Argentina, 171 – 1º andar – São Cristóvão
20921-380 – Rio de Janeiro, RJ – República Federativa do Brasil
Tel.: (21) 2585-2060   Fax: (21) 2585-2086
Printed in Brazil / Impresso no Brasil

Atendemos pelo Reembolso Postal

ISBN 85-03-00809-2

Capa: VICTOR BURTON
Ilustração de capa: MULHER NO BANHO, Rembrandt, óleo sobre tela, 1654

CIP-Brasil. Catalogação-na-fonte
Sindicato Nacional dos Editores de Livros, RJ.

M388e
Matton, Sylvie
   Eu, a puta de Rembrandt / Sylvie Matton; tradução Marisa Motta.
– Rio de Janeiro: José Olympio, 2005.

Tradução de: Moi, la putain de Rembrandt
Inclui bibliografia e filmografia
ISBN 85-03-00809-2

1. Stoffels, Hendrickje, m. ca. 1662 – Ficção. 2. Rembrandt Harmenszoon van Rijn, 1606-1669 – Ficção. 3. Ficção francesa. I. Motta, Marisa. II. Título.

05-1313

CDD – 843
CDU – 821.133.1-3

Para Charles.

[...] Durante algum tempo ele viveu com Hendrickje, e essa maravilhosa mulher (exceto os de Titus, só os retratos de Hendrickje são como petrificados pela ternura e o reconhecimento do velho e sublime urso) deve, ao mesmo tempo, ter satisfeito toda a sua sensualidade e necessidade de ternura.

Jean Genet

Sumário

Agradecimentos 11

1649 13

1650-1654 65

1655-1658 117

15 de dezembro de 1660 159

24 de julho de 1663 173

Posfácio 211

Obras de Rembrandt citadas 215

Bibliografia seletiva e filmografia 219

Agradecimentos

Agradeço a Hendrickje Stoffels por ter sido a pessoa que foi, eternizada nos retratos feitos por Rembrandt. Espero não tê-la traído. Agradeço também a Rembrandt e a Titus van Rijn, aos quais por muito tempo estive ligada.

Obrigada Charles, Léonard e Jules, aos parentes e amigos por me terem suportado (em todos os sentidos da palavra) durante esta viagem.

Agradeço a Muriel Beyer pelo apoio vigilante e afetuoso.

Também agradeço pela leitura atenta e amiga a Elisabeth de Laubrière, Anne de la Baume Sylvaine Parmeland, Marina Kamena e Jacques Baratier. Um reconhecimento especial a Elisabeth, que, desde o início de minhas pesquisas sobre Rembrandt, levou-me a bibliotecas e trabalhou comigo examinando os documentos.

Agradeço a Charles Matton e Serge Clément por me terem permitido ver e respirar tudo o que se passa em um ateliê de pintura e gravuras.

A Sebastian Dudock van Heel, pesquisador científico e historiador do Arquivo Municipal de Amsterdã, e a Anneke Kerkhof, bibiotecária-chefe da biblioteca do Instituto Norueguês em Paris, por sua indulgente cumplicidade, suas críticas e suas chaves secretas que, de boa vontade, me ofereceram.

Minha enorme gratidão a Jacqueline Brossollet, que, com seu profundo conhecimento a respeito da peste e suas conseqüências humanas e sociais, desprendimento e generosidade, me permitiu delas participar.

Obrigada a Armelle de Crépy, Zime Koleci e Suzanne Andriessens.

A Toby e Yves Gilbert pelas sentidas lágrimas.

E aos que me ensinaram a bondade e compaixão: F.F. e C.M.

1649
. . . .

Deus foi bom. Conferiu a nossos ancestrais força e coragem para ganhar ao mar as terras de nossa pátria. Creio em Deus Pai, Todo-Poderoso. Os protestantes são o povo da Bíblia; os holandeses, o povo eleito. Deus é bom, mas a Ele devemos obediência. Contra aqueles que O esquecem Ele desencadeará a tempestade e os diques serão rompidos. Ele já o fez. A água furiosa inunda então as terras que o homem perdeu por causa de seus pecados. Neste novo dilúvio, em meio a terror e gritos, a água afoga e dissipa. Ao longe, o som de alguns campanários transpassa ainda os campos de lama leitosa.

As portas bateram e a palavra deu um pulo. Mais uma vez, e ainda outra. Eu era puta, a tua, a puta de Rembrandt. Trêmula, colada na parede gelada. Sem voz, sem ar. Ofegante. Ela disse puta, e a palavra ressoava na escada sobre as riscas de um sol ruivo. Muito tempo depois do eco, em minha cabeça o eco ainda repetia a palavra de Geertje Dircx — eu era puta, a tua puta.

Sempre o soube, mesmo dormindo, mesmo quando sonho com esses horrendos pequenos vermes brancos que se enroscam. Durmo e digo a mim mesma que esses animais criados por Deus possuem inúmeros e horríveis dentinhos que trabalham. Viver é trabalhar, todo mundo sabe, até mesmo as perversas mulheres do Spinhuis.¹ Quando não obedecem são trancadas num porão e a bomba é aberta. Lentamente a água sobe. Em quinze minutos, o porão está cheio. Quem não quiser morrer afogado tem de ficar bombeando a água. É mais extenuante e perigoso que o trabalho.

É a ti que falo, e as lembranças ainda me falam de ti. Estás sempre comigo, na minha vida, no ar que respiro, na cerejeira do jardim, em meu ventre. É a ti, meu amor, que falo. É a Deus quando rezo. Sempre rezo. Sem sequer pensar nisso, as palavras se lançam pelos túneis de minha cabeça. Não sei ler, nem escrever, mas faço parar o tempo. Sei guardar o instante para lembrar-me mais tarde; até os gritos eu os ouço ainda.

Soltei a aldraba de cobre, recuei sobre os ladrilhos da Breestraat para contemplar melhor a fachada, imensa como nunca vista. Ela abriu a porta. Pernas afastadas, mãos nos quadris, o rosto redondo batido pelo sol. Os olhos dela nos meus. Logo avaliou minha força, meu sorriso, minha palidez, a sacola de algodão azul, suja, aos meus pés, a miséria e a coragem de minha família, minha honestidade. Ela disse "Entre", e a pesada porta se fechou atrás de mim.

Ele foi concebido pelo Espírito Santo, nasceu da Virgem Maria. Sofreu sob Pôncio Pilatos, foi crucificado, as palavras uma após outra, a prece vai crescendo dentro de mim.

Meus olhos se habituam à penumbra em volta. Poder-se-ia dizer que não há paredes na casa do pintor Rembrandt van Rijn,

---

¹Casa de correção só para mulheres.

mal as percebemos entre os quadros, mas sei muito bem que é preciso haver paredes atrás de todos esses quadros para que estejam pendurados. É este cheiro que nunca senti antes que faz arderem os meus olhos e me faz chorar. Geertje Dircx olhou para os meus tamancos enlameados, um olhar que diz a meus pés que eles não podem ir além. Num pedaço branco do chão, encostado na parede à direita, seu dedo mostra um par de chinelos de couro. Nus, sobre um consolo, dois bebês de gesso dormem. Ao lado, embaixo de um quadro com o céu cor-de-rosa (tão rosa que tenho vontade de entrar na moldura), o osso de uma cabeça com os dois buracos dos olhos, sombrios como tocas de coelhos. Tiro os meus tamancos, calço os chinelos e, em passos miúdos, sigo Geertje sobre o assoalho transparente.

Não sei escrever. Onde nasci o mestre-escola ensinava aos meninos as letras do alfabeto, mesmo aos dois filhos do açougueiro que viviam com o nariz cheio de ranho, e decorar o Pai-nosso e os dez mandamentos. Às vezes também perguntava se Eva tinha comido uma maçã ou uma pêra. Não fui à escola da aldeia, as meninas não iam. Mas sempre ouvi, contados por minha mãe todas as noites, os amores e as vinganças narrados na Bíblia. Aos domingos o pastor, com sua enorme boca cheia de dentes, falava deles. Rendo-Te graças, oh Senhor do Céu e da Terra, por teres ocultado essas coisas aos sábios e aos inteligentes, revelando-as apenas às criancinhas.

Não sei escrever, nem ler, e jamais saberei. Fixo meus olhos nos que me olham, percebo os pensamentos que se escondem por detrás. É o que chamo adivinhar. Percebo sobretudo o medo e as mentiras. Ao longe, bem longe, ouço o barulho das ondas contra os diques que cantam e gritam, que se debatem e se quebram.

Deixei a infância e a família, e ainda não atingi a maioridade,[2] e onde nasci falta dinheiro. Mais ainda depois da paz de Vestfália.[3] Esperando a próxima batalha, os soldados sem família, feridos na guerra em uma ou várias partes de seus corpos, mendigam ao longo dos canais dos vilarejos. Com a mão estendida, carregam consigo suas partes mortas, nas quais o osso quebrado e o sangue que escorria foram cauterizados. Nas ruas dou meia-volta, não é a visão, é o cheiro. Assim que estendem a mão, os vermes de seus corpos despertam.

Antes de deixar Bradevoort, onde nasci, fiz minha mãe chorar e dei o que falar aos homens.

— A cidade é perigosa e Amsterdã é uma cidade grande. — Quem falou isso foi o marido de minha irmã que nunca esteve lá e que nunca disse uma frase sem que outro a tivesse pensado antes. É como engolir um alimento já mastigado. Pela primeira vez falei em voz alta o que pensava, e a cólera de minha irmã Marina brilhou em seus olhos:

— Vá, vá para Amsterdã; estão à procura de uma criada e nossa mãe tem o endereço. Vá, já que as pessoas de nosso vilarejo nunca lhe agradaram.

Há pessoas que sempre dizem o que pensam, mesmo quando não são perguntadas. Não respondi, não gosto de guerra. Mas queria partir. Nosso campo não é um verdadeiro campo, e nosso vilarejo é uma cidade militar. No inverno os soldados procuram os locais onde as famílias os acolhem em suas casas. Na primavera, quando os cavalos têm bastante forragem e a tropa volta para o acampamento, a barriga das jovens está, quase sempre, estofada por um bebê. Filha e irmã de soldado, não serei mulher de soldado como minha irmã Marina.

---

[2] Os meninos atingiam a maioridade aos vinte e cinco anos, as meninas, aos vinte e quatro.
[3] Em 30 de janeiro de 1648, o tratado de Vestfália (ou de Münster) confirma a independência das Províncias Unidas em face do domínio espanhol.

Desde a paz, ela mistura meimendro preto e beladona na cerveja do marido, na hora do desjejum, e as cóleras dele demoram um pouco mais para despertar. Então, eu podia passar bem perto sem que ele avançasse sua mão com o dedo cortado. Sempre querendo me tocar. A ferida em seu ventre nunca fechou completamente, é um fogo que queima suas entranhas, diz Marina. Eu jamais olharia uma ferida aberta cheia de vermes. Creio que o fogo externo não abandonará mais o interno. Os homens amam a guerra. O fogo é o veneno do diabo que ele joga na Terra.

Eu caminhava atrás de Geertje Dircx, dizendo a mim mesma que a jovem criada acompanha a mais velha. Nossas figuras vacilantes refletiam-se nos ladrilhos em preto e branco do chão, tão brilhantes, que eu até me via neles.

— Todas as manhãs, lavar a frente da casa com três baldes de água. Esfregar com a escova pequena a junta dos ladrilhos; limpar também as tábuas que cobrem as valetas de cada lado da rua.

A podridão cai no fundo dos canais e os ratos a comem; o que sobra corre para o mar que a lava e destrói. Nosso pai sempre diz que as Províncias Unidas da Holanda são o país mais limpo do mundo. Graças aos canais e aos ratos, é o país que tem menos vermes e peste.

Ao longe, ela deslizava com passos curtos sobre os ladrilhos brilhantes, sem barulho. Era Judith que vinha em nossa direção. Trazia, segurando com os dois braços, à sua frente, o pesado cesto de roupa do mês manchado de sangue seco, corando sob o peso. Olhou bem nos meus olhos até nos cruzarmos, e no último instante sorriu, com o seu sorriso que puxa todo o seu rosto até a testa.

— É Judith — disse Geertje.

À medida que os corredores mergulhavam na escuridão, da escada até as entranhas da casa, mais os cheiros que me haviam envolvido desde o vestíbulo me arrastavam de degrau em degrau, mais cheiros, mais podridão. Esses odores, ainda mais desagradáveis, me obrigam a respirar pela boca, me queimam; eu os pressentia atrás da porta fechada. Do outro lado, escuto vozes e risos, numerosos e suaves, acho que de jovens. Gostaria de não respirar mais, fechar a boca. Sei muito bem que os odores de fora entram em nosso corpo e despertam todos os vermes que dormem em nós. O que faz vomitar é quando os odores internos escapam e se instalam do lado de fora. Aí o nariz pode sentir os vermes das entranhas.

Com um dedo nos lábios, Geertje se volta para mim. Não cochicha, sua voz não é doce nem grave, é baixa como um suspiro. Nos dois ateliês, o do mestre e o dos alunos, ande devagar para não levantar a poeira que se depositaria na pintura ainda fresca dos quadros. Nunca deixe que a mão de um aluno a toque e sinta as formas de seu corpo, mesmo (e sobretudo) se ele diz querer perceber melhor as formas de seu corpo, a textura de sua carne. Ela fala sem rir, Geertje Dircx, sem sorrir.

Ela abre a porta: de repente o silêncio no meio dos cheiros que arranham a garganta, um silêncio tão vazio, mas logo preenchido por tímidos risos. Não vejo ninguém. Escavados ao longo da parede, cinco nichos estão escondidos por grandes telas cruas. Ao ver o tecido inflar e moldar os corpos que se movem atrás dele, imagino cada aluno trabalhando, sozinho e protegido dos outros. Risos abafados. Todos esses olhares imaginados queimam meu rosto e me dão vontade de rir, a mim também. Geertje bate palmas, eu abaixo a cabeça.

— Ela chegou esta manhã de Bradevoort, perto de Winterswigle, e se chama Hendrickje Stoffels. É ela quem trará os arenques e a cerveja da tarde. E a partir do próximo mês é a ela que todas as manhãs pedireis que traga o tijolo de turfa para os braseiros.[4] — Vira-se para mim: — ...trabalhando sem se mexer no

---

[4] O braseiro (*chaufferette*) é uma caixa de madeira ou de metal com furos, dentro da qual se consome lentamente o tijolo de turfa para aquecer.

frio, estes jovens não trituram bem as cores nos óleos que não são aquecidos o tempo suficiente.

Em parte estranguladas pelas cortinas de tela, aparecem cabeças sorridentes, coradas, outras sérias, distantes, quase solenes. Os alunos e aprendizes do ateliê de Rembrandt têm como eu vinte anos. Segura de que a vida na cidade não será triste, um sorriso misturado a pequenos gritos me alegra; minha liberdade sem pai, sem os irmãos e o cunhado; dos rapazes da minha idade que tinham como único sonho a guerra e o sangue. Primeiro levantei os olhos, depois, com grande esforço, o rosto todo.

Naquela manhã abracei minha mãe como se nunca mais fosse revê-la. Suavemente, beijei suas pálpebras, uma depois da outra, tão finas que mal retinham as pérolas entre os cílios. Queria aquecer seus dedos e seu coração em lágrimas. Disse-lhe que minha vida iria começar, que cuidaria da Bíblia que me dava e que sempre, ao virar as páginas, recordando e acompanhando de alto a baixo com o indicador, eu pensaria nela. Jamais esqueceria que Ele está sentado à direita de Deus Pai, Todo-Poderoso. Ele virá para julgar os vivos e os mortos. Os que praticaram o bem ressuscitarão para a Vida, os que praticaram o mal ressuscitarão para o Juízo. Não, não esquecerei que o homem é o senhor da mulher, que a respeita, e que ela procria com dor. Eu sabia o que era a vida antes da morte e que para os eleitos, após a morte, ela seria eterna. E a minha será o que Deus quiser.

Depois, subi em um barco puxado por um cavalo. Atravessando dois aterros de relva molhada ligados por um canal, em dois dias e duas noites eu iria de Bradevoort a Amsterdã. Escondida pelo capuz de seu *huik*[5] minha mãe chorava abraçada a mim; fixei sem ver o horizonte à minha frente.

---
[5]Capa holandesa, casaco comprido de tecido com capuz.

Cômodo a cômodo, com passinhos apressados, eu acompanhava Geertje Dircx. Diante dos vitrais iluminados por um sol alaranjado, seu rosto na penumbra, Titus aparece. Pequena bola de carne rosada, um sorriso guloso que mostra seus dentes pontudos, ávido de vida e cheio de energia. Sete anos, ele me diz. Não sei quando comecei a amá-lo. O perfil inquieto da ama-seca, é ele quem espera. Quem me olha, confiante. Penso que teria cuidado bem dele, pequenino em meus braços. Quando os primeiros dentes começassem a rasgar a gengiva, eu saberia esfregá-la com óleo de zimbro. Fazer compressas de farinha de centeio com leite e colocá-las em suas pequenas nádegas salpicadas de pontos cor-de-rosa, pingar algumas gotas de sangue num pedaço de ferro em brasa para estancar o sangramento no nariz. Eu saberia. Quando eu tiver crescido, quando for mãe. Interrompo os devaneios, o lado desagradável de um passado terminado. Titus tem sete anos, e eu compreendo, sem saber por quê, os meus queixumes ciumentos.

Geertje resmungava:

— Titus, para a cozinha, vá comer.

Mas a criança cor-de-rosa, com cachos ruivos, não escutava. Ele não vai para a cozinha, talvez não tenha fome. Suas meias patinam nos ladrilhos pretos e brancos até a linha iluminada. Quer me ver de perto. Sua mãozinha tépida escorrega na minha.

Os cheiros ácidos queimavam meus olhos. Ou antes era o que eles viam, e pela primeira vez? As palavras caem da boca de Geertje Dircx, não faço perguntas; a sala grande da frente, a pequena nos fundos, ao lado do pátio, o vestíbulo e a sala de curiosidades. Todas as paredes de todos os cômodos ficam escondidas pelos quadros e objetos. Armas nunca vistas mas que reconheço por serem cortantes, espetadas com pêlos e plumas, armas de outros lugares. Com certeza foram os marinheiros da Companhia das Índias Orientais que as trouxeram. Cabeças e bustos brancos de homens e mulheres (de gesso fosco ou de pedra dura que brilha à luz), roupas de cores vibrantes que nenhum holandês usaria em nenhuma cidade de nosso país trabalhador. Nas molduras, imagens de Jesus que sempre exprimem a bondade triste de Cristo; nas outras frutas, garrafas de prata, paisagens e, em cima de um consolo, um belo capacete bem martelado que brilha como ouro. Diante da porta fechada do teu ateliê, Geertje Dircx voltou-se para mim pesando cada palavra:

— Agora vou apresentá-la ao mestre. Ele trabalha de manhã à noite, na casa nada deve incomodá-lo.

Na penumbra, entre pincéis e cavaletes, Rembrandt desloca lentamente os cheiros da sala. Com um olhar alheio. É difícil respirar, olhar; não me atrevo, meus olhos fogem para longe, para o sol à minha frente. Disseste: "Espero que ela fique contente." Achei que tinha te agradado e saí de costas. Pensei que o cheiro secasse com a pintura e que um dia fosse possível chegar perto dos quadros sem sufocar com tamanha podridão. Titus nos esperava na porta. Nada pode incomodá-lo, dizia Geertje Dircx, bem antes dos gritos.

Onde nasci todos gritavam, menos minha mãe. Meu pai, meus dois irmãos e o marido de Marina, pisando forte com aquelas botas de soldado, e de meirinho com o seu longo peitilho se abrindo sobre as coxas. Eles sabiam formar bolhas dentro de seus grandes e gordos corpos que todos os dias cheiravam a espuma de cerveja. Apostavam para ver quem arrotava mais alto. Depois gritavam. Eu me escondia, principalmente do marido de Marina e de sua mão com o dedo cortado. Certa vez ele me agarrou pelos cabelos enquanto a outra mão com os seus cinco dedos abafava o grito de minha boca.

Quanto mais gritavam, mais bebiam e nossa mãe sumia. De repente, ela parecia velha e frágil, transparente, nossa mãe. Ela chorava, as lágrimas rolavam suavemente como se nunca fossem secar. Eu me sentava em seus joelhos, enxugava os fios brilhantes que cortavam sua face. Quando eu era pequena e batia os dentes para simular a febre, ela me contava a guerra contra os espanhóis, guerra que aconteceu há mais de cem anos, e como as Províncias Unidas da Holanda tornaram-se um só país, nossa pátria amada por Deus. É preciso sempre aprender a se defender para que nunca mais os bárbaros espanhóis degolem ou torturem os homens e as mulheres de nossas cidades.

Nessa primeira noite Judith foi até o sótão me desejar boa noite, saber se no canto onde estava minha cama não faltava ar nem calor, e se poderíamos ser amigas. Fala baixinho. Não são palavras tímidas, ela só não quer incomodar. Judith é um ano mais nova do que eu. É casada. Seu marido trabalha na tinturaria. Todas as noites ele a espera na porta que dá para a Breestraat para que ela não ande sozinha pelos canais escuros até o novo bairro no Jordaan onde alugaram o primeiro andar de uma casa no Bloemgracht.

Fiz uma pergunta, só uma, nessa noite. Os objetos e os quadros que atravancam todas as paredes de todos os cômodos da casa, onde estiveram antes de serem transportados para aqui? Por quê? É Rembrandt quem os faz ou Rembrandt e seus alunos?

— Ele os compra. São telas e esculturas de outros artistas que ele admira.

Com certeza, a expressão do meu rosto mostrava que eu não estava entendendo.

Judith riu:

— Ele chega feliz com suas compras. Quer estar sempre rodeado de beleza, vendo o que ama. E também todos esses tecidos, essas roupas, esses objetos, algumas vezes fazem parte de seus quadros. Costuma emprestá-los a pintores amigos. Pelo menos uma vez por mês ele vai ao leilão. Com mais freqüência há dez anos, quando ia com Saskia.

Também eu comecei a rir. Sem saber muito bem por quê.

Minha nova cama fica embutida na parede como em Bradevoort, mas é mais comprida. Meus pés se abrem em leque, posso me esticar, pela primeira vez na minha vida não vou dormir sentada. Conto os ossos do meu pescoço, um a um eles afundam no travesseiro. Para que as feiticeiras do diabo não me espetem com suas agulhas de fogo, coloquei aos pés da cama meus chinelos virados, com a sola para cima. Ao contrário. Mas esta noite (minha primeira noite na casa de Rembrandt) a corneta da sentinela na torre anunciando à cidade o passar do tempo me acordou de hora em hora. Entre duas chamadas, com os olhos arregalados na escuridão do quarto, eu ouvia o escoar do tempo na grande ampulheta de doze horas.

Viro-me, suspiro. O dedo do meio da mão direita sabe aliviar o que, por não dormir, se assemelha a uma dor. O sono então é dominado. A saliva que minha língua depositou na ponta do dedo é quase fria quando encontra o pequeno botão intumescido. No suave prazer entre minhas coxas, na umidade dos pêlos e nos fundos segredos que o marido de minha irmã não chegou a descobrir, o dedo já seco faz girar o botão que desperta em brasa. Mais uma vez estiro a língua, um pouco mais de saliva, ninguém está me vendo, nem as gotas que caem em meu queixo. Sozinha no fundo de mim mesma, para me ouvir suspiro e gemo. O dedo cada vez mais rápido.

Para que eu não esquecesse, minha mãe contava que nosso país nasceu entre lágrimas e sangue:

— Sem piedade, os espanhóis apunhalaram no pescoço um velho de setenta anos e o obrigaram a beber do seu próprio sangue que escorria, até que estancasse. Esfolavam os homens vivos e

usavam suas peles nos tambores de seus regimentos. — Minha mãe se cala. Abaixa a cabeça, quer ver se, embalada por ela, eu já dormia. Esboço um sorriso e digo:
— Continue.
E ela se lembra do que sua mãe lhe contava, e me acalenta como sua mãe fazia com ela.
— Os espanhóis apunhalavam os homens e violentavam as mulheres. Sem suas roupas, nuas, eram jogadas na rua, o sangue escorrendo dos ferimentos. Mortas pelos facínoras, eram abandonadas na rua entre corpos e braços, pernas e cabeças arrancadas; logo apodreciam.
Minha mãe se calava e em silêncio rezava pela vingança das almas. No sangue colocarás seus cabelos brancos na morada dos vivos.
Afasto ainda mais as coxas, meus pés empurram um contra o outro. Com a boca aberta em um beijo que eu mesma me dou, escondida e açoitada pelos meus cabelos furiosos, viro a cabeça de um lado para o outro. O dedo, a saliva, o botão queima. E por detrás dos segredos despertados, um calor me sufoca. Vindo de longe a onda aumenta, eu a percebi na espuma. Grito, com vontade de chorar. Como uma maré que não quer baixar. Não me mexo, respiro, as pernas e os braços abertos, a boca saboreando o beijo que inventei. Abro os olhos, um suspiro, vontade de rir sozinha, digo a mim mesma que vou dormir.
Suavemente minha mãe me embalava. Adormecia em seus joelhos até que fossem ouvidas as pancadas das botas de meu pai e de meus irmãos.

Ao primeiro clarão cor-de-rosa no céu do porto, vindo de longe, o padeiro puxa um carrinho barulhento nas pedras da Breestraat:
— Pãezinhos de centeio, biscoitos de cevada. Quentinhos, bem quentinhos os pãezinhos.

Logo levanto e me visto. Tremo sempre ao mudar a camisa: a que usei de dia cola, gelada, em minha pele úmida. Amarro-a e calço, rápido, as meias de lã. Na cintura coloco a saia curta e sobre ela o vestido de algodão, minha roupa de trabalho nos dias de semana. Guardo o outro, costurado por nossa mãe, do mesmo tecido, para ir ao templo no sétimo dia. O corpete bem justo, a gola e a jaqueta. Lavo as mãos e o rosto na bacia de estanho. Depois, no pequeno espelho pendurado no vitral da janela, escovo meus longos cabelos ruivo-escuros, cujos cachos embaraçam durante a noite quando eu não durmo. Prendo-os com um pregador que meus dedos reconhecem mesmo no escuro, fixando-o rapidamente com três agulhas de cobre.

Aproximo o rosto do espelho para colocar a nova touca que me cobre as orelhas e a nuca. Bonita, não. Olho meus olhos, depois bem de perto, um só. Acho que está tudo bem, mas parece que faço uma oração. Sempre que rezo me pergunto se é para Deus ou para o demônio. A pupila se dilata, entro em um túnel escuro por onde desço até o final. Não vou ficar velha.

Observo-me, de um lado e de outro, no espelho. Quando sorrio entre as ranhuras que riscam cada lado de meus lábios, os dentes se alinham, pequenos ossos que os anos não vão amarelar. Aperto os olhos, estiro uma língua pontuda e, num instante, faço a careta do diabo. Depois a pele se distende, a testa aumenta. Eu me amo, mas não sei quem me amará. Sempre a mesma certeza: nem o vento, nem o frio, nem o tempo destruirão este rosto, esta pele tecida nesses vinte anos. O tempo vai esquecê-la, evitá-la, e se fará o milagre. Lentamente abandono meu olhar, mais uma vez volto à realidade.

Amarro nas costas o enorme avental de listras azuis, coloco os punhos bege que vão do cotovelo ao pulso. Começa um novo dia. Rapidamente, beberei o leite quente na tigela de estanho, comerei um pedaço de pão esquentado no fogão, e queijo de Leiden perfumado com cominho. Faz um ano que não bebo cerveja no café da manhã, desde que, servindo o marido de minha irmã, descobri que a cerveja, mesmo a melhor delas, a cerveja escura de Roterdã, não ajuda a despertar.

As folhas do verão caem das árvores e, lentamente, descem pelos vitrais cor-de-rosa da cozinha. Abro a janela e as vejo caindo nos ladrilhos do pequeno pátio; irei varrê-las. Nos galhos mais altos da cerejeira restam caroços que ainda balançam e algumas frutas esquecidas pelos passarinhos. Algumas cerejas pretas. Pretas. Onde nasci em nenhuma árvore nasce uma cereja preta. São os frutos da epidemia, quem os come morrerá. A não ser que se tenha chupado antes, pelo menos uma vez em sua vida, os dentes de um empestado poupado da morte.

As cerejas pretas são perigosas só ao olhá-las. Porque a peste não morre, fica escondida na terra esperando a cólera de Deus. Tu és meu refúgio e minha fortaleza, meu Deus, em quem deposito toda minha confiança. Rapidamente fecho a porta, o medo bate forte em meu peito. Peço perdão ao diabo, depois a Deus. A porta e as janelas serão cravadas aos primeiros gritos dos doentes; na rua os vizinhos esperam, escutam; em uma certa noite o silêncio sufocará o enclausurado. Cruzo meus dedos. Só Ele nos libertará da rede do caçador de passarinhos e da peste mortífera.

Gosto de um trabalho bem-feito, gosto de fazer bem o que faço. Geertje Dircx e Judith querem me mostrar a arrumação da cozinha. A gaveta de sal e especiarias, onde é guardada a carne. O armário dos legumes que recebe o frio do pequeno pátio e onde são colocados os repolhos de Milão, as peras, os queijos. Os arenques frescos ficam nos potes com óleo e os defumados pendurados acima do fogão. Os enormes cântaros de estanho, onde a concha do vendedor ambulante derrama, todas as segundas e quintas-feiras pela manhã, a boa cerveja morna e espumante. No armário espanhol, o serviço de porcelana branca e os copos transparentes para a visita dos prováveis compradores importantes. Descasco, corto e jogo no caldeirão de cobre. Quando disse a Geertje Dircx que eu sabia a receita do *hutspot*[6] de minha mãe, ela respondeu:

— Provarei antes do mestre — e saiu da cozinha.

Carne de carneiro e de vaca cortadas bem finas, pepinos, cercefis, pastinacas cortados em cubos e ameixas, tudo temperado com suco de laranja, regado a vinagre forte e lentamente cozido na gordura perfumada com gengibre. O melhor *hutspot* é o do outono, que minha mãe serve com castanhas. Aí então, no enorme caldeirão de cobre, por último, jogo pedaços de bulbos de alho bravo e cubro o caldo com a tampa. Cozinhar por três horas. Uma refeição para vinte pessoas. Durante as próximas três horas, levantarei não sei quantas vezes a tampa para vigiar e sentir o cheiro bom da gordura temperada. Depois, volto para os outros andares da casa.

Esta manhã quis brincar com Titus. É uma criança em quem o frio provoca febre e que nunca patina nos canais gelados. Seu pai prefere que ele se aqueça durante todo o inverno diante da lareira. Compreende-se seu medo, depois que os três primeiros ainda bem pequenos se foram. Saskia, realmente cansada, tentava dar vida ao que não ia morrer e em troca deu-lhe sua própria vida. Ele infla as bochechas, sopra em um tubo besuntado de sabão, da manhã até a hora de dormir, fazendo girar nas bolas as cores da luz, ainda que Geertje escorregasse nas cores que brilhavam no ladrilho. Titus se lembrará disso.

Ele joga cartas e dados como todos os holandeses, mas não conhece jogos divertidos como o corta-passarinho. Antes de se

---

[6]Um dos pratos nacionais.

tornarem soldados esta era a brincadeira freqüente dos meus irmãos. Com uma faca amolada, os olhos vendados, cortavam o pescoço de um pato pendurado numa corda, pelas patas. Cada qual na sua vez, sem trapacear. Eu também queria ensinar a Titus o jogo do gato. Tranca-se um gato num pequeno tonel preso a uma corda. Cada qual na sua vez bate em cima do tonel com um bastão de madeira. Quando o tonel começa a se quebrar, o gato mia bem alto, e o jogo vai ficando divertido. Quando o tonel quebra totalmente o gato pula para fora na terra, tremendo de medo, a cauda inchada e os pêlos que mais parecem espinhos de um ouriço. E então não se bate mais no tonel, mas no gato. Quem matar o gato ganha o jogo. Titus não quis jogar, foi embora e eu o ouvi fungar. Titus não sabe, mas vou explicar-lhe que há muitos tonéis em uma cidade onde se aquartelam as tropas e muitos gatos por toda parte. Enquanto os ratos limpam o fundo dos canais dos vermes e da peste, os cães e os gatos transportam em seus pêlos os miasmas de uma casa para outra.

Bati à porta do ateliê dos alunos.

— Entre — dizem as vozes e os risos mas sem abri-la.

Coloquei o jarro de cerveja no chão, sem deixar cair o grande prato com os arenques e os queijos, abri a porta escorando-a com um pé e, com uma passada, entrei no mundo do cheiro. Gentis, dois alunos aparecem apressados. Barent Fabritius apanha no chão o pesado jarro; é mais velho do que eu, bonito, com cabelos compridos e olhos tristes. Nicolaes Maes, responsável pelos nichos, serve os arenques, os queijos e o pão no prato dos outros alunos e dos aprendizes. É bem jovem, ri o tempo todo como se estivesse cacarejando, o que, certamente, ele não percebe. Tem grandes manchas vermelhas na testa e no pescoço. Acho que seremos amigos.

Geertje me manda descascar as batatas. Mas onde nasci, no ventre das Províncias Unidas, longe do mar e do mundo, não se comem batatas, elas não são nem mesmo plantadas. Sabe-se que são venenosas. Digo isso suavemente, ninguém sabia, e não quero aborrecer Geertje Dircx. Calada, olha dentro dos meus olhos e dá de ombros. Diz a Judith:
— Mais tarde você vai descascá-las. — Pede que eu vá encontrá-la nos quartos do primeiro andar. Deixou a cozinha, seguida por Judith.
Irei ao mercado com Geertje, conhecerei um pouco a cidade; foi o que ela falou, mas não disse o dia. O que sei da cidade era o que contava o marido de Marina e o que vi entre o cais e a Breestraat e os ruídos que eram ouvidos, cujos sons passavam pelos losangos laranja e rosa dos vitrais da casa, mais próximos e mais metálicos do que no campo.

Os patos seguiam o barco sobre as duas linhas que cortavam a água do canal. No campo, que a chuva emudece, eles grasnavam. A portinhola do barco me protegia. O homem usava um grande chapéu preto no qual as gotas saltitavam. Ele só tinha um olho. O outro era um buraco escuro fechado por uma pele enrugada, suas roupas, queimadas como ele, caíam à sua volta. Seus longos braços faziam grandes círculos, ele falava alto. Falava com todas as pessoas do barco, aos que não conhecia e que passavam pelo canal de Amsterdã. Eu pensava, ele é louco, só um louco fala com quem não conhece:
— ...nas tavernas, fumando cachimbos acesos na brasa, compartilhando as drogas vindas das Índias misturadas ao tabaco de má qualidade que cresce em nossas terras.
Uma mulher com a boca pintada em volta dos dentes amarelos gritava que, assim como vimos os espanhóis deixarem nossa terra, a Holanda, deveríamos também nos livrar dos loucos; que

até os patos na traseira do barco grasnavam concordando, nas igrejas os pregadores já faziam ameaças com suas bochechas infladas, isso já era o bastante.

— Logo Deus se vingará do excesso de dinheiro, de nossa Bolsa e dos nossos seguros, como quando, há dez anos, puniu o comércio de tulipa e os comerciantes, não tendo nada a oferecer, um atrás do outro, ficaram com a corda no pescoço...

— Basta... — gritavam a mulher e os patos.

— Milhares de pilotis... Vocês verão, como o templo de Salomão construído em sete anos, o novo prédio do Stadhuis...

O homem de preto falava com o céu. Era para o céu que levantava o punho:

— ...Pior que o dilúvio da Bíblia... as ondas carregarão tudo, apagarão a sujeira dos comerciantes; ouviremos o eco dos gritos das crianças, mas já será tarde demais, já terão sido engolidos...

O barco bateu forte no pontão. No cais, um homem com o rosto queimado pelo sol de outras terras vendia especiarias. Como se fosse um comprido colar, carregava pesados sacos pendurados no pescoço. Estava impregnado pelo cheiro de velhas espinhas de azevia, um cheiro que o precedia, que anunciava sua vinda. Havia pescado, comido e defecado tanto peixe que se tornara, de fato, um deles. Com certeza sob suas roupas tinham crescido escamas. Grita, quase canta, anunciando que foi ele mesmo quem trouxe suas especiarias das Índias Orientais, que conheceu o perigo das tempestades e dos selvagens pois, diz ele, o que não é holandês é selvagem. Sorri com seus dentes pretos à sombra das plumas em leque de um pássaro verde pousado em sua cabeça.

O grande bico amarelo do pássaro verde repete as últimas palavras de suas frases. Mas o carrilhão de um templo começou a badalar suas pequenas notas repetidas, secas e alegres. Ao som dos sinos que não terminavam, o pássaro respondia com gritos furiosos. Mais uma vez o marinheiro sorriu com todas as escamas de sua boca. Aos poucos, foi se afastando.

Barent Fabritius me fez elogios. Disse que ainda não havia comido um *hutspot* tão gostoso. Nicolaes repetiu o prato.

Amsterdã, a cidade perigosa; eu olhava, escutava, respirava. O sol brilha nos canais que cheiram a arenque, joga-se tudo neles e aos ratos. Nas pedras das ruas os gritos das crianças cruzam-se e repercutem; batem tambores, sopram trombetas. Outras surgem de uma pequena rua em suas pernas de pau. São sujos, alegres, barulhentos. São belos.

Onde nasci, no primeiro dia azul do outono, soltam-se papagaios de papel. Com a boca aberta, os olhos apertados, as crianças olham para as cores que dançam no céu. Todas as mães se lembram ainda da história triste de Jacob Egh de Zaandam. Com a boca aberta, os olhos apertados, Jacob olhava os desenhos coloridos no céu. Corria, e sempre atrás dele o papagaio de papel dançava. Um dos touros de seu pai se enfureceu e pegou o menino. O pai e a mãe grávida voaram em cima do animal furioso, gritando, tentando desviar sua atenção. Enraivecido, o touro corneia e mata o pai, depois joga a mãe pelos ares. Antes de morrer ela dá à luz, no ar, um bebê que viverá apenas alguns meses. Não verei papagaios de papel em Amsterdã. As casas de três, quatro andares são muito altas, é uma pena. E aqui não existem mais touros. Um touro galopando carrega em seus pêlos os miasmas da peste. O campo é mais perigoso do que a cidade.

Antes de descer do barco eu havia perguntado à mulher dos lábios pintados onde ficava a Breestraat, e já mergulhava no cheiro dos canais. Gritos e risos roucos e violentos percorrem uma ruela próxima; curiosa, desvio meu caminho. Duas ruas mais adiante, numa pequena praça, uma mulher com a blusa branca suja e manchada de sangue, os botões arrancados, a gola rasgada, sacode a cabeça e as mãos amarradas na madeira do pelourinho. Presa ao pescoço, balança uma placa vermelha em que reconheço, sem ler, as palavras que em todas as nossas Províncias Unidas punem e denunciam a puta banida.

As tiras de couro do chicote desenham cruzes em sua blusa. São compridos traços de sangue de sua pele rebentada que atravessam o tecido. A cada golpe do carrasco ressoa o grito da banida, longo como um suspiro. A cada grito correspondem o ódio e as zombarias dos que vieram assistir.

De longe, a mulher é jovem. Mas de perto percebe-se que o tempo muitas vezes já deixou sua marca. A varíola furou seu rosto; seus dentes são pretos ou não existem; seus ombros nus com crostas marrom-escuras contam a história do ferro e do chicote, há muito vividas. Ouço as palavras, junto as mãos. Tomando para Ele nossa maldição, para nos livrar Ele foi pendurado na madeira. A raiva da mulher (mais do que o medo ou a dor) é uma resposta aos insultos e à ameaça de mandá-la de volta para Spinhuis. Assim como julgardes, sereis julgados.

A matraca de um leproso se aproxima, sempre anunciando a ressurreição. O mastro de um navio passa lentamente diante do frontão quebrado de uma casa, maior, mais alto do que seu teto. Ele desceu aos Infernos, no terceiro dia ressuscitou dos mortos. Aos cascos de um cavalo nas pedras da rua, mais próximas e mais presentes a cada batida. Salto ou caio, já não sei mais, empurrada contra um muro pelo cavalo a galope que puxa uma charrete pequena, com teto e cortina, coberta de ouro. Um cavalo imenso, também dourado. Atrás da cortina entreaberta, como um relâmpago, vejo o homem de preto. Ele não queria me matar, seu nariz era comprido como uma faca e brilhava sobre seus lábios fechados. A cidade é perigosa. Não, ele não queria me matar, o homem de preto que o ouro cegou não tinha me visto.

Sei que Deus é bom e que Ele ama a Holanda. Deus nos escolheu. As águas baixaram diante de nós e Tu nos levaste a um porto seguro e seco, como o povo de Israel à Terra Prometida. Mas se nós nos afogarmos no ouro e nos pecados, lançarás sobre nós Tua cólera, a mortandade virá da terra, e o dilúvio nos engolirá.

Quando caía a noite, os últimos alunos iam para a cidade ou iam dormir no celeiro sem janelas; o passo pesado de Rembrandt atravessava os vastos cômodos da casa. Judith e eu levantávamos a cabeça, escutando. Não se ria mais, ninguém falava, só murmúrios. A voz de Judith, que nunca quer incomodar, parecia um suspiro. O silêncio impede o esquecimento. Só os chinelos de Geertje se arrastando nos ladrilhos gelados. Sua voz comandava ainda, só Geertje não entendia a tristeza que aumenta no escuro.

Na cozinha Judith cochicha os segredos. Saskia morreu há sete anos e Rembrandt não se conforma com sua ausência, o vazio que ela deixou, o silêncio sem o seu riso que já era o dele. Era nesse silêncio, o de Saskia, que, dia após dia, em seu ateliê, vivias com ela. Falavas com ela e sobrevivias. Com seu grande chapéu de veludo vermelho, beijavas seus lábios por ti pintados na tela. Para não morrer, jamais morrer. Sete anos após sua morte, Saskia estava viva. Na tua frente.

Esta noite eu te olho e me recordo. Teu sorriso mudou, creio, fala menos de tua dor. Com um sopro preciso apagas a vela, teus braços me envolvem.

Em tua presença eu sempre abaixava a cabeça. Mesmo quando Geertje me mandava, em seu lugar, com os arenques e a cerveja. Batia suavemente, três pancadinhas, na porta. Entre, eu entrava. Esperava com o prato e a jarra, atrás de ti, olhando o que seria o quadro. Via a crosta gordurosa de cores escuras e sem nome na paleta, as bisnagas coloridas e os potes de óleo que cheiravam a alho, a pena de galinha e a alfazema. Já havia aprendido a respirar lentamente, com a boca aberta, e meus olhos não ardiam mais.

Foi Barent Fabritius quem segurou minha mão e me levou ao ateliê dos alunos, no fundo da sala onde o artista que mói as tintas vigia o cozimento dos óleos até ficarem transparentes, nos quais ele vai triturar as cores. Não muito quente para que a pena de galinha não fique franzida no óleo de terebintina. Ao lado dele, um aprendiz abana a fumaça repugnante dos ossos e da pele do coelho que se dissolvem em banho-maria; quando misturados ao branco da Espanha se transformam em cola de pele.

Ainda três pinceladas na tela e, como se lamentasse, o pincel a deixa e tu te voltas. Ao ouvir tua voz grave eu respondia de cabeça baixa. Não olhava em teus olhos que penetravam os meus, de frente eu não ousava. Sim, o tempo estava bom, brincava com Titus sempre que podia, quando o trabalho da casa e Geertje Dircx permitiam. Eu não contava que Titus não gostava das brincadeiras da minha infância. Sempre que falas de teu filho, tua testa se distende, todo o teu rosto sorri não só com os lábios, um sorriso que vem de longe, que nasce lá dentro, doce e triste. É um sorriso triste, é o sorriso de Rembrandt van Rijn. Eu que amo rir, sem saber por quê, às vezes tenho vontade de chorar ao escutá-lo.

Naquele dia, tua voz grave pediu que eu não descesse, não lavasse a cozinha, que não fizesse nada que Geertje Dircx mandasse. Pela primeira vez olhei teus olhos que penetram nos meus. Precisavas de um modelo para um novo quadro, nesse instante.

No sétimo dia vou à Oude Kerk,[7] entro sob sua grande abóbada. Fostes salvo pela graça de Deus, pela fé. Essa redenção é um dom de Deus. Caminho com a cabeça erguida, não vejo a cidade, os círculos de homens que riem e negociam perto de mim. Para não os ouvir, olho para o homem de preto no púlpito.

Ele abandonou a paleta e o pincel. Contorna a tela, seus passos se aproximam. Sua mão cresce em minha direção, ela recende aos pigmentos azuis e à mistura dos óleos de cravo e papoula. Ela ajeita uma mecha do meu cabelo e acaricia minha orelha. Abaixo bem a cabeça, não verás as gotas rosadas de suor embaixo de meus olhos e acima de meus lábios. Inclinas-te sobre mim. Numa imensa penumbra, me envolves.

O fundidor de estanho está no bairro. Com uma concha bate em uma travessa danificada, amassada e furada, anunciando com cada batida, sua chegada:

— Fundidor de estanho...

Nas ruas, o estanho soa menos do que o cobre, mas mais forte dentro do peito. Olho bem os pratos contra a luz das janelas, escolho os que o tempo e as facas danificaram até a transparência, algumas vezes furando-os. O copo de metal de Titus e três travessas. Espero na porta; o fundidor trabalhará o metal e, esta noite, trará de volta o mesmo número de pratos e travessas já reparados. Isso custa um pouco de estanho e seu trabalho. Vou tentar o que minha mãe ensinou para ver se a mistura não é mais pobre nem mais frágil. Esfregarei o metal com uma faca e compararei o brilho.

Agora poso para Rembrandt. Através de uma janela aberta, bem longe de meus pensamentos, fico horas a olhar o vazio ou a sombra da cozinha. Horas sem me mexer, apoiada no cabo de

---

[7]Oude Kerk significa "velha igreja".

uma vassoura, ora uma perna, ora outra, para passar a câimbra. O tempo pára, o corpo esfria. Renasço em suas obras. Eu o ouço fungar por causa da tinta e do cheiro forte do cozimento dos óleos. Seu pincel mexe a pasta na paleta, ele besunta e arranha a madeira ou a tela. Depois ele vem, coloca a mão no meu queixo, quer ver seu modelo de perto. Seus olhos passeiam, redesenham meu rosto que muda de cor. Gostaria de abandonar a pose e estreitá-lo em meus braços. Sufocar em seu peito a ternura que me invade, as lágrimas que virão, eu inteirinha. Sem saber por que é tão forte em mim esse arrebatamento por ti.

De muito longe, como um grande medo capaz de ranger os dentes do diabo, as matracas dos leprosos esvaziam a cidade. Os que corriam fugindo dos impuros deixavam cair alguns objetos nas pedras das ruas. Eu quero, sejas purificado; logo, sua lepra o deixava. Neste domingo, do alto de sua cadeira, o homem de preto arrastava suas palavras sob a grande abóbada do templo: os pobres precisam da caridade dos ricos, mas os ricos necessitam dos pobres para a paz de suas almas. É a segunda-feira dos impressores, a grande procissão dos leprosos. De uma janela, jogo moedas. Como se vestisse o seu próprio luto, o leproso tem as roupas e os olhos dilacerados. O amor ao próximo corresponde ao amor de Deus por nós. Sei que os amo, mas olhar de frente um impuro, não, sem nariz, sem mãos, a carne lentamente engolida, digerida pelos vermes de suas entranhas, tão pequenos que os olhos não vêem, eu não agüento.

Tu te inclinaste, me deste um abraço. Com os olhos fechados nos beijamos. Como se soubéssemos antecipadamente, esperando o momento. E ela, sem ar, sem ar em volta de sua boca aberta, viu o primeiro beijo.

Não soubeste dizer vá embora. Gostarias que acontecesse de outra forma, gostas de Geertje Dircx, te apegas a quem te quer bem. Preferirias que ela compreendesse e ficasse a teu lado, conosco. Mas como imaginar? Não conheço os homens, mas acho que eles querem tudo, nada perder sem fazer o mal. Mesmo quando o mal já está feito.

No mais profundo vazio dos meus olhos, deixo voar meus pensamentos. Digo a mim mesma que não sou eu quem Rembrandt pinta. Com seu pincel e a pasta colorida, é mais que minha imagem, é vida o que ele me dá. Jamais serão vistas, numa tela, pessoas vivas que respiram e andam, a imagem plana de pessoas que falam e choram, pequenas vidas numa grande poça iluminada, fantasmas que ainda não morreram. Em sua pasta colorida aprendo a não morrer; sorrio para ele.

Seus braços me carregam, me transportam. No meu ouvido, seu sorriso triste, flutuo nos cômodos sombrios da casa. Abro os olhos. Na minha cama. Meus lábios procuram os seus e gemem. Sacudidelas, não respiro mais. Outras. Meu corpo esquartejado sob o teu, uma ferida meu desejo. Por fim, teus lábios e os meus febris, loucamente colados. Aspiro, eu te aspiro e grito. De repente esse vazio porque quero mais. Em teu lugar, terno e duro meu amor mais ardente. Nunca mais sem ti, aqui, me envolvendo. Agradeço, em pensamento digo também obrigada meu Deus, tão bom ainda. Sigais o Espírito e não vos livreis à cobiça da carne. Ainda. Mais tarde te direi, nunca antes de ti e sem lamentar, nem o homem do dedo cortado que marquei o rosto com um risco vermelho. Porque a carne tem desejos contrários aos do Espírito, e o Espírito contrários aos da carne. Certamente amanhã de manhã verei o sangue nos lençóis. Não me deixes, lentamente, tremendo, não me deixes.

Um lamento, um longo suspiro como um arrependimento e relaxo. Sorrindo tu te afastas para melhor me ver. Então, com os olhos fechados, gulosa, respiro esses cheiros novos, mistura acredoce, da fumaça do ateliê que penetraram na pele e os que os corpos que se amam transpiram. Teus lábios sedosos passeiam, teus braços me envolvem, a coxa contra a minha. Para o alto e para baixo, tua carícia em meu corpo. Escorregas do alto para baixo duro e suave. Depois, ao chegar o momento, tu me cortaste em duas, meu amor. Minhas pernas cruzadas em volta de ti. A noite começou, a primeira noite.

Dormia ainda quando os pãezinhos de centeio, bem quentes, e os biscoitos de cevada foram anunciados na Breestraat, na manhã seguinte. A primeira manhã. Teus braços me envolvem.

Durante sete anos depois da morte de Saskia, Geertje Dircx arrumava e alimentava Titus. Após tê-lo carregado em seus braços e dado banho, após ter amado todos seus odores e vigiado cada segundo desde quando engatinhava. Brincava com ele, misturava o sabão para fazer bolhas e jogava dados no passadez. E mesmo que ela não tenha sido tua mulher, salvo algumas vezes, ao ver outra mulher em teus olhos, sua vida se esfacelou. Quando não grita, guarda atrás de seus lábios cerrados a dor que queima seu cérebro. Não sei mais olhar de frente seu ciúme e sua cólera, diante dela abaixo os olhos.

O pregador esbraveja do alto de seu púlpito. O eco no templo faz calar as conversas, por um momento os comerciantes de especiarias interrompem seus negócios do domingo. Encostadas nas largas colunas ficam as mulheres que não amamentam mais ou então só para que seus bebês não chorem.

Até os cães não fuçam mais nos ladrilhos os túmulos abertos.
— ...Galileu é seu nome... — A voz ressoa. Para o italiano, não é

mais o Sol, e sim a Terra que gira em torno do Sol. Ousou contrariar o Gênesis. Murmúrios. Os católicos o prenderam. Os murmúrios aprovam. Perante a Inquisição, de joelhos, Galileu confessou seu erro.

Os pêlos separados dos pincéis e das trinchas tinham secado e endureceram. A poeira cinza escondia a crosta de tinta na paleta, enorme ferida abandonada. Sentias falta de Saskia. Horrivelmente. Sentes um vazio em tudo. Beijando Titus, pedias a Geertje que cuidasse bem dele e saías para a cidade. Judith corria sempre pela Breestraat levando a lanterna que, toda vez, esquecias, ela murmura. As ruas perigosas que levam até o porto não são iluminadas pelas lâmpadas a óleo das casas. Poucas pessoas se queixam disso, no entanto, lambendo a madeira essas fracas luzes da cidade freqüentemente provocam incêndios. De manhã, nos canais perto do porto os cadáveres flutuam. Os patrulheiros da noite sempre acompanham quem anda pelas ruas não iluminadas. Eles os conduzem até suas casas ou são presos e levados para as prisões das portas da cidade.

Andando, evitando os ladrões e os ratos, vendo ao longe as janelas iluminadas da taverna do porto, não resistias. A noite se desenrolava com as putas à tua volta, as cartomantes e os atiradores de faca, porém, a vida na noite não te divertia. Teus olhos se apertavam por causa da fumaça dos cachimbos. Entre dois copos de genebra, tua resposta era sim, gostaria de fumar um cachimbo com o tabaco misturado com a *Cannabis sativa* das Índias Orientais. Voltavas sem te lembrares disso, mais leve por ter sufocado um pouco tua tristeza, a boca e a pele intumescidas de cerveja e genebra. Nessas noites, Geertje não se deitava. Vigiava a respiração de Titus em sua pequena cama e, durante toda a noite, te esperava. Não sabias se eram tuas mãos perdidas que satisfaziam seu desejo ou se eram as dela que agarravam teu corpo.

É o que dizes com um sorriso malicioso, piscando um olho. Sem Geertje, não terias encontrado o caminho de teu quarto, nem tua cama. Ela deslizava sob teu corpo, tua cama era ela, lá onde se estendera.

Nas manhãs tristes, eu pensava que não era vida para uma simples criada, dormir com o patrão. Preciso ir embora, deveria. Pensava, mas ir para onde, voltar a Bradevoort, nunca mais; mesmo se minha mãe, sua doçura e as histórias que gosta de contar, algumas vezes me fazem falta. Não suportaria mais o cheiro das botas dos soldados. Agradeço e rezo para que jamais eu seja olhada por um homem que não possua o sentimento de bondade. Tenho a sensação de ter nascido agora, aos vinte anos, aqui em Amsterdã, nos braços, nos cheiros do bondoso Rembrandt van Rijn. No seu quarto, uma lareira de turfa queima quase a noite toda, e um pesado tecido verde em volta da cama de baldaquim conserva o calor. Relaxo, não quero pensar, feliz em teus braços esqueço; jamais sentirei frio.

Então, para meter medo em mim mesma, começo a me lembrar das histórias de criadas escorraçadas por estarem grávidas e que eram trancafiadas no Spinhuis. Lembro-me da história de Janeke Welhoeck, criada da casa do senhor Bickingh, na cidade de Edam. Edam é conhecida por sua amabilidade, e essa amabilidade permitiu que a sereia que aí foi capturada permanecesse como prisioneira. A barriga de Janeke crescia, mas ela não dizia o nome do pai. Com o recém-nascido no seio, ela sussurrou o nome do filho mais velho do sr. Bickingh. O sr. Bickingh imediatamente aprisionou-a com o filho que chorava querendo mamar. Ela teria de confessar sua mentira e que não pensasse em casamento. Conta a história que ela não pedia nada. Invocai-Me no dia de tua desgraça, Eu te salvarei, tu Me glorificarás. Na prisão, ela se enforca diante do bebê que acabara de arrotar. Como se sua honra não tivesse sido lavada, para se vingar ainda da pobre jovem, cujo bebê faminto chora sua orfandade, o sr. Bickingh ordena que o cadáver seja supliciado, pendurado na praça. A morta enforcada. Toda a amável cidade de Edam assistiu. A história não conta se o filho do sr. Bickingh estava lá ou não, nem se o bebê morreu de fome ou de tanto chorar.

Com um só gesto, retiras os pregadores soltando os cachos de meus longos cabelos que emolduram o meu rosto. Murmuras que queres o meu bem, que sou muito jovem, vinte anos, e tu quarenta e três. Não são os anos, meu amor, que vejo nos teus olhos, em tua fronte, são os sofrimentos. São teus mortos, são nossos mortos que nos fazem envelhecer.

Dizes também que não tens nada para me oferecer, que a pintura te domina e que tu te sentes cada vez mais sozinho, só contigo mesmo e com tua pintura. Que não queres que Geertje Dircx me faça algum mal, que devo trabalhar menos e levar Titus ao zôo.

Iremos amanhã. Construído perto do porto, tem pequenos jardins e as jaulas. Rembrandt nos mostrará o rei dos animais, vindo de longe, que ele desenhou. Ele é o rei porque não teme a nenhum outro animal. É um gato grande com pêlos compridos e dentes enormes. Mas aqui, no cheiro dos arenques, nos gritos e nas matracas do porto de Amsterdã, com os olhos voltados para uma fuga impossível atrás das barras de sua jaula, ele se balança, andando de um lado para outro, com uma prece que não termina.

Fazendo caretas, resmungas alto. Ameaçando de vingança teus ancestrais, bem para trás, inclinas a cabeça, procurando (longe em tua memória de leão) nesse rugido, a raiva súbita do rei dos animais, em sua solidão. Que medo. Acima de nossas cabeças os chinelos de Geertje Dircx que, há poucos instantes, batiam no chão, se calam; um curto momento, antes de nossos risos.

Rembrandt trabalha, não almoça. A refeição do meio-dia é feita na cozinha, cada um come o que quer. O jantar é na sala grande, em volta da mesa. Sempre tristes. Raramente, Barent e Nicolaes se sentam conosco; comem por volta das cinco horas e não têm fome à noite; ou então, visitam outros aprendizes e alunos na cidade. De barco, Barent vai, às vezes, à casa de seu irmão Carel que foi aluno de Rembrandt e que abriu seu ateliê em Delft. De cara amarrada, Geertje não come. Digo que vou me sentar com o mestre e com Judith que nunca incomoda. No meio da toalha da mesa, a travessa de argila fumega. Abaixamos a cabeça, olhando o prato e a faca. Rembrandt fecha os olhos. Abençoainos, Senhor, abençoai nossa refeição e ajudai aos que não têm o que comer.

Alguns pescadores viram três baleias perto do barco.

Peço a Deus e talvez ao diabo para que elas não encalhem no porto, todos sabem que uma baleia que vem morrer em terra é um aviso. Deus se vingará de nossos pecados.

Escuto, sempre surpresa por Rembrandt me ter escolhido em vez de rememorar, sozinho, suas lembranças. Saskia não deixava mais sua cama. Ele a olhava dormir ou então lhe falava. Por causa da luz que refletia no canal, o bebê acordava durante a noite, é normal aos quatro meses; mas ela precisava descansar e Geertje Dircx, a ama-seca, era devotada, não precisava se preocupar; com certeza ela vai ficar boa logo, o bom doutor Ephraim Bueno já tinha dito, por que esse sorriso triste.

Ele percebia o cansaço de Saskia em volta de seus olhos sonolentos e então falava com ela e sempre a desenhava. Esquecia, mas foi no tempo de Saskia que pintou o quadro, ao qual dedicou quase todo o seu tempo, *A mudança de guarda da companhia do capitão Frans Banning Cock*,[8] tão grande que os alunos tiveram que prender um cordão no chassi para colocá-lo no pequeno pátio onde Rembrandt podia recuar bastante e vê-lo por inteiro. Meses de trabalho. E Saskia se foi. Ela tossia e, com a febre e a tosse que a dilacerava, via Titus crescer.

Contando teu tempo com Saskia, vinha a lembrança dos três bebês mortos após três curtas semanas de vida, Rombertus e as duas Cornelia. Tuas pálpebras batiam para conter as lágrimas. Eu não sabia que um homem podia chorar sem ter bebido a boa cerveja escura de Roterdã, simplesmente de tristeza.

Desta vez vi a charrete dourada e o cavalo antes de ouvir os cascos batendo nas pedras. Ao longe, vinha ao longo do Herengracht. Para cima de mim.

Nenhuma mãe se conformaria ao ver a pequena vida saída de seu ventre diminuir até se tornar um cadáver. Creio que Saskia morreu de desgosto ao ver seus três bebês em seus caixões e do medo que se instalou em seu ventre.

No meio dos sabres e das botas da milícia do capitão Frans Banning Cock, para a ressuscitar com uma prece bem antes de sua última tosse, teu pincel a queimou.

O doutor Ephraim Bueno vem visitar Rembrandt, por amizade e também para ver suas gengivas e os dentes que se retorcem na sua cabeça e o acordam durante a noite. Dizia que a mulher que fosse boa para Rembrandt já devia ter visto, e que ele me levaria na sala de reunião dos guardas civis. Seu dedo limpa a fumaça das velas que escurecia a pintura. Atrás do pó engordurado, o sol que aquecia o quadro, há dez anos se apaga lentamente. Seus raios logo serão de lua. Para rir, nos diz Ephraim.

---

[8]*A ronda noturna* é o título injustificado dado a esse quadro no século XVIII.

Compreendi teu sofrimento, teu estertor de leão abandonado e só diante da pequena mulher loura, esse fogo-fátuo de luz viva que incendeia o quadro. Deus ressuscitou Jesus Cristo, livrou-O dos tormentos da morte porque não era possível que ela O retivesse em seu poder. Entre as botas, Saskia se parece com os retratos que beijas no teu ateliê e, no entanto, ela não é mais de carne. Mais transparente do que viva, ela representa todos os teus desgostos.

Eles te perguntaram:

— De onde vem esse filete de luz que surge de nenhum lugar?

Teu sofrimento sem limite a havia ressuscitado, ela se levantava de seu leito de morte, mas eles não a reconheceram.

Isso aconteceu há sete anos. Deus abençoou o sétimo dia e o consagrou. O fim e o recomeço. O sétimo ano também.

Diante das chamas da lareira, sentado no chão, encostado à minha cadeira, Titus descansa a cabeça em meus joelhos. O braseiro sobre o qual dormem meus pés aquece debaixo de meu saiote. Um cansaço morno envolve Titus, que fecha os olhos. Mexo em seus cabelos, seus belos cachos ruivos. Não são vermes, são piolhos. Fervilham como os vermes. Seguro-os entre o polegar e o indicador, aperto bem firme com as unhas como se faz com as pulgas, e suas patinhas batem no nada à volta deles. Sufoco o piolho e o mantenho por algum tempo mergulhado na bacia de estanho cheia de melaço, aos meus pés. Recomeço, as unhas cerradas como uma pinça, suavemente deslizo o polegar e o indicador na cabeça cheia de piolhos até a ponta do cabelo; afogo as lêndeas na bacia. Recomeço. É a história que minha mãe contava, a história de um homem comido vivo pelos seus piolhos.

Essas histórias que nascem no campo, tu não as conheces e as guardo só para mim. Às vezes acho que devo esquecê-las; mas elas se instalam como pesadelos. Um pesadelo que se repete pode se tornar verdade. Um homem comido vivo por seus piolhos.

A ponta fura o cobre. Onde o verniz estalou, o ácido rói o metal. O cilindro da impressora range, a placa coberta de tinta deixa no papel úmido a primeira prova. Sem franzir o nariz, aprendo a gostar dos odores da tinta e da terebintina, até a que ondulou a pena e escureceu o alho. Fico na porta, em minhas mãos o prato de queijos. De longe olho teu rosto na sombra do rosado dos vitrais. Inclinas a cabeça e me chamas, queres que eu veja a gravura. Sem constrangimento, mas emocionada, atravesso o ateliê, devagar, até o ateliê maior. Com tua mão em meu ombro, aprendo a olhar. "Deixai virem a mim as criancinhas..." Os doentes que Jesus curou O seguiram. À esquerda, reconheço o jovem que abaixa a cabeça.

— Sim, em verdade vos digo, é difícil para um rico entrar no reino do Céu!

Eles não reconheceram Saskia. São numerosos os cegos como os chamas, com seus bens e suas certezas, pensam que jamais irão morrer. E vão ao templo todos os domingos. Quanto mais te ouço mais aprendo.

Eles aparecem em tua casa. Olhando para meu avental, abro a porta. São recebidos, giram à tua volta, exibindo suas enormes barrigas e sua importância, e que, sem eles, o Sol não girará em volta da Terra. (Bebes um copo de genebra.) Durante algumas semanas virão posar em teu ateliê, sufocados em seus colarinhos brancos sobre os quais pousam as cabeças vermelhas. São estes que têm dinheiro, o do seus pais, da guerra e dos canhões, do óleo de baleia, das especiarias e dos seguros. Meus bens são minha certeza, é o que dizem seus rostos, é o que dirá o retrato. Serão pendurados em cima da lareira do salão, e os seus semelhantes os reconhecerão. (Um pouco mais de genebra.) Eles se sentem seguros, a vida é boa para com aquele cuja imagem viverá depois dele. Assim Deus quis, os poderosos são os eleitos de Deus. No silêncio e no eco de suas palavras, durante meses, sozinho para terminar o quadro, diante de teu cavalete, lutavas contra eles. Contra o orgulho que pinça os lábios e entristece o olhar. Contra as certezas que encovam os rostos. (Mais um copo.) As certezas de seus pais já mastigadas que repetem sem refletir. Só diante de teu cavalete, bebes genebra demais, contas a Deus tua visão da morte e da bondade. Depois, teu pincel deixará tua marca e dará vida aos seus rostos.

Geertje foi embora. O ar que se respira na casa está mais leve. É verdade que trabalho mais, já aprendi. Judith vem todos os dias. Ela vai pedir ajuda a Geertruid (que mora no mesmo canal no Jordaan) às quintas para limpar a cozinha e o celeiro, às terças depois do meio-dia, quando os quartos e os cômodos grandes são encerados. Geertruid é quem vai se agachar no chão para procurar os ovos e os excrementos moles das baratas e dos piolhos. Se ela os encontrar, vai espalhar ao longo dos muros a mistura de cal e terebintina que os sufocará. Ensinarei também como reconhecer numa viga furada o túnel de um verme e o da traça. Explico que os túneis e os vazios nas vigas podem provocar o desabamento do teto de uma casa em meio a um monte de poeira e morte. O Senhor deixou entrar a podridão na casa do faraó.

Geertje foi embora. Ao sair bateu a porta com força espalhando a poeira. Quando me lembro, o barulho ainda ressoa na minha cabeça e sinto uma confusão no meu peito.

Existem cegos, há também os que sabem, aos quais Rembrandt não diz mais o que ele pensa. Existem os amigos e os antigos amigos. Há anos que não vias Constantin Huygens. Abri a porta

e recebi sua mensagem. Após ter feito a paz com os espanhóis, nosso príncipe Frederic Henri morreu, a tempo para ver o seu país renascer dessa longa guerra; Constantin Huygens, seu secretário, perdeu o poder, ele que por tanto tempo o deteve.
Ele veio a Leiden, entrou no ateliê do moinho de teu pai, olhou-o, virou os quadros que tu colocastes na parede. Disse que logo irias receber uma encomenda da corte. Ele tinha vinte e cinco anos, e tu, vinte e sete.
Abri a porta, ele entrou, ainda é jovem, algumas rugas, testa grande e pálpebras inchadas ao redor dos olhos. Sorri, eu recuo e me escondo na penumbra. Bati em meu peito, é Constantin Huygens, o secretário do príncipe, mesmo que não o seja mais, mesmo que o príncipe esteja morto.
Na caixa Rembrandt procurou o pequeno quadro que preparava sobre a descida da Cruz. Vi a desolação, a morte do mundo, imaginei Cristo abandonado que escapa dos braços enlouquecidos, vi sua coxa frágil, sua cabeça pesada aspirando terra. A terra que jamais será seu túmulo. Huygens adorou. Para o príncipe encomendou três quadros da Paixão, recusados por um pintor flamengo.[9] Ele gostava e tinha poder. E tu, que não sabes lidar com dinheiro, escreveste sete cartas, sete, para que o príncipe, finalmente, pagasse os quadros, teu trabalho.
Um homem comido vivo pelos piolhos.

É bonita e divertida, tua cólera de leão. Falas baixo, suavemente, me beijas e suspiras. Os ricos sempre pensam que os pobres gastam dinheiro demais. Um pobre deve continuar pobre. (Murmuras.) Se por seu trabalho ele fica um pouco rico, não se deve ajudá-lo. Sabe que o talento pode ser emprestado, e que se ele o possui, foi porque um rico assim quis. Os ricos têm ciúme do

---
[9]Trata-se de Rubens.

talento dos artistas, sabem que um artista poderá ganhar dinheiro com seu talento, mas que nunca um rico terá o talento de um artista, sua maior riqueza. Sabem também que um pobre não sabe guardar dinheiro, adora gastar e comprar o que o rico já possui há muito tempo, desde seus pais. Então, um rico sabe quando o outro é rico, porque ele não gasta. Sempre lembra ao artista a diferença entre um rico e um pobre que se torna rico, sobretudo deixá-lo em dificuldade (é o que dizes sem murmurar), ele vai reclamar o que lhe é devido premido pela necessidade de se fazer esperar e implorar. Até mesmo Huygens, que compõe, que escreve em latim, lê francês, lê em inglês um escritor de teatro, desenha, que é amigo de médicos e de um pensador francês[10] (dizes, com teu riso triste), mesmo Huygens te fez esperar, escrever, pedir. Sete vezes.

Huygens visitou teu ateliê. Sempre desde o primeiro encontro em Leiden, ele te aconselha a pintura da Itália. Criticou tuas sombras, ficaste calado; se tua pintura não o agrada, nenhuma palavra se faria necessária. Querias que eu ficasse perto de ti, terias me apresentado: minha criada, minha mulher. Pensei, "ainda não", seria um gesto de bondade. É muito cedo, as pessoas não se habituaram comigo, eu muito menos, nem a mim, nem a elas. E Geertje Dircx dizia pelas ruas sua criada sua puta.

Geertje foi embora. Agora me lembro, sem medo. Ela chorava, gritava, estendendo os braços para Titus que corria para mim. Sua face viscosa, coberta de lágrimas ardentes, Geertje Dircx chorava, não só pelos olhos, mas pelo nariz, pela boca. Escorregou no chão, com os lábios retorcidos, não se mexia.

---

[10]Constantin Huygens compôs numerosas obras musicais, escreveu em latim, a língua universitária e cultural, lia Rabelais em francês e Shakespeare em inglês. Foi amigo de Descartes e seu editor.

Nesta noite Rembrandt apagou o fogo da lareira de seu quarto, nesta noite, ela o acendeu em seu quarto. Rapidamente enchíamos os baldes na bomba do pequeno pátio, Judith, Geertruid e eu. Foram levados para o quarto de Geertje. Nas paredes de seu quarto estavam pendurados seus retratos, os oito quadros em que ela havia posado para Rembrandt. Oito em sete anos; três eram dela, três ele lhe dera de presente. Talvez ela não quisesse se sentir abandonada, deixar na vida e na casa que não a queria mais o rosto que a raiva deformou e que, em seu espelho, ela detestava um pouco mais a cada dia. Talvez quisesse aliviar sua dor no fogo e assim matar um pouco Rembrandt, destruindo suas obras. As chamas já enegreciam os rostos pintados de Geertje Dircx, vários retratos já haviam sido queimados.

Tuas obras, Geertje Dircx e seus gritos. Abafando o fogo, também gritas. Batendo, sacudindo a raiva, a doença. Encostada na porta de seu quarto não consigo respirar; Titus está em sua cama, Judith e Geertruid na cozinha. Após um longo silêncio, as palavras suavemente retornaram.

Eu não ignorava teu reconhecimento e o amparo que querias lhe dar. Mas ela não via, não escutava nada. Com os olhos arregalados que olhavam sem ver, dava medo. Rembrandt diz que vai lhe dar cento e sessenta florins até o fim de sua vida; se ela ficar doente, dará toda assistência, o que for necessário.

Geertje gemia:

— Estou velha e doente...

Lentamente sua pálpebra esquerda se abre, o outro olho chora ainda. Sua respiração eram rugidos. Inclinou a cabeça para o lado, sorriu com o canto da boca, sua voz rangia:

— Acreditas, Rembrandt, que te deixarei em paz, dormir feliz com tua puta?... Não tive filhos, amei o teu como se tivesse saído de meu ventre. Acreditas que após ter dado, a ti e a ele, meus últimos anos como mulher, acreditas que vou deixar tua vida porque é o que quer tua puta?

Esta palavra me feriu de tal forma que não faço nada, não consigo responder; cerro meus lábios para fazer calar o que sinto. Rembrandt aproxima-se dela. Diz-lhe que gostava dela, mesmo se não a tivesse amado (os homens nunca sabem o significado das palavras). Provaria sua afeição. Virando o rosto para ele, torceu a boca, metade carne, metade flor.

Rembrandt fala ainda:

— Naquela noite, já bem tarde e muito triste depois da genebra, chorei em teus seios. Eras uma mãe para Titus, eu não sabia agradecer, te dizer que, se não tens mais idade para ser bonita, és boa. Te presenteei com um anel de diamante, a pedra que salva da peste, o anel em que eu via ainda dançar os belos dedos de Saskia, os dedos tão cheios de vida da mãe que não viu seu filho crescer.

Geertje fechou a boca e o estertor se calou. Quase sorriu sem querer.

— Pelo teu testamento, quando não estiveres mais aqui, ele será de Titus, o anel de sua mamãe. Tudo é para ele, até o pouco que tens. És uma mulher gentil, Geertje Dircx, não mude nada no testamento e eu cuidarei de ti.

Agora sua respiração era silenciosa. Saí do quarto, saí da casa, andei pela noite. Olhava as estrelas no fundo do canal onde os ratos comem os vermes e os miasmas.

Perguntava-me: será que viverei bastante tempo, até quarenta anos, e ficarei uma mulher velha? Respondo que, longe de ti, minha vida seria como a chama tremeluzente de uma vela, solitária na roda de luz que ela clareia, à volta tudo escuro, e ninguém para ver que ela está apagando, apagando em si mesma. Era a minha vida antes de te encontrar.

Esta noite, em sonho, observando os vermes, vi que antes de abrir suas pequenas goelas cheias de dentes minúsculos, eles se alinham, como uma tropa em linha reta, impacientes, inquietos, prontos para o ataque.

Eu, a puta de Rembrandt 51

No dia seguinte, de manhã, na Breestraat, Geertje Dircx fechava atrás de si a pesada porta que troveja.

Começa hoje na cidade a inspeção do material para a extinção de incêndios. Os empregados municipais dão três pancadas na porta de cada casa, em todas as ruas. Pedem licença para verificar. Na pequena casa da Bradevoort era indispensável um balde em bom estado. Na grande casa da Breestraat, mostro as duas escadas e os dois baldes. Os empregados municipais os levantam para ver o fundo, contra a luz. Se estiverem furados cobram multa em florins. Puxam e se apóiam em cada barra das escadas. Voltarão no próximo ano. Esperamos que até lá não tenham tido utilidade. (No entanto sabemos que em um ano ocorrerão incêndios, sobretudo, quando as tochas da cidade queimam o ar e os miasmas da peste.) Esperamos, é o que eles dizem quando deixam cada casa em cada rua.

Todas as manhãs levo Titus à escola da Oude Kerk. O professor é amigo de Ephraim Bueno. Diz que Titus é um menino estudioso, que gosta de aprender, e que sempre seu olhar se fixa na claridade que atravessa as transparências. Aos domingos, no ateliê de seu pai, ao lado de Rembrandt que desenha e pinta, ele aprende. Os alunos amam Titus, ele ri muito com eles, principalmente com Nicolaes.

Abri a porta que dá para a Breestraat. O homem que deu dois golpes secos está vestido de preto, com um colarinho branco quadrado. A chuva alvoroça seus cabelos louros e brilhantes que caem nos ombros. Sem sorrir, olha para mim, mas não nos olhos. Entrega a carta fechada por uma noz de cera e diz:

— Stadhuis, Câmara de Assuntos Matrimoniais.

O mensageiro de preto se distancia na chuva. Não compreendi as palavras pronunciadas, mas a ameaça colava no fundo de minha boca, lá, onde de repente a língua secou.

A carta e o lacre vermelho. Viro-a e desviro-a. Como se o desejo de saber e a força de meus olhos me fizessem compreender. Pela primeira vez, gostaria de saber reconhecer as letras e as palavras. Subi rápido para o ateliê dos alunos para ver Rembrandt. Abro suavemente a porta, não entro. Não é por timidez; agora sei o que é gentileza, como a de Barent e de Nicolaes. Não, é um hábito, é para não interromper o trabalho e os risos. Encostado a uma coluna, Daniel, o aprendiz, posava quase nu, um pedaço de tecido amarrado nos quadris, os braços muito compridos e muito magros. O mestre, com seus alunos sentados à sua volta, desenhava. Seus olhares o circundavam, cada desenho seria diferente.

No curso de Rembrandt, o seu desenho é importante, mas são sobretudo suas palavras:

— ...olhar com precisão. Amar a vida é aceitá-la em toda a sua mediocridade; compreender realmente é saber ver a verdade que se tem sob os olhos...

Virou a cabeça para mim:

— Vem, Hendrickje, minha linda, vem para perto para que eu te veja, que te entenda melhor, e tua beleza... O que escondes nas costas? Sei que escondes alguma coisa...

Rembrandt arrancou o lacre vermelho. Em sua grande testa se formaram ondas, depois dois traços em outro sentido. Os lábios se separam, os olhos não piscam porque não acreditam no que lêem. Por fim Rembrandt reencontra o rugido de seus ancestrais leões, misturado a seu sorriso triste. Daniel não se mexeu, nem os outros alunos. Sem respirar. Rembrandt levanta a cabeça, seus lábios esboçam um sorriso e, lentamente, bem lentamente, rasga o papel.

— Convocam-me. Geertje Dircx me levou à justiça!... Lógico que não irei. — No fundo, ainda ri. — Sabem por quê?... Gostaria que um de vocês adivinhasse...

Ninguém queria adivinhar. Calado, Rembrandt abriu os dedos deixando cair no chão os leves pedaços do papel rasgado.
— Por ruptura de promessa de casamento!... Sim, por ruptura de promessa de casamento! — Sorri mais uma vez e sua cólera se agita.

Nessa noite, entre teus braços e tuas pernas, prisioneira imobilizada, mordiscando com fúria os pêlos cinzentos de teu peito, não gritei.

Foi nessa noite que os pequenos vermes brancos do meu sonho atacaram os enormes pedaços de madeira, cavando pouco a pouco com seus dentes pouco visíveis, suas minúsculas bocas.

Sem se anunciar, Uylenburgh vem te visitar. Quando deixaste Leiden e vieste para Amsterdã, foi para morar e trabalhar em casa de Hendrick Uylenburgh. Para os dois a solução era boa, não tinhas dúvidas: para entrar no comércio de sua Academia ele te pediu emprestado mil florins (que, para ti, tua mãe tinha escondido) Uylenburgh é um negociante de arte célebre, conhece as pessoas da cidade que querem e dizem gostar de pintura quando ela corresponde ao que está na moda. Era primo de Saskia.

Sem avisar, bate à porta; ri e fala alto, passa por mim fazendo uma reverência, depois sobe a escada. Abre a porta do ateliê dos alunos, saúda a companhia (como ele diz). Depois dirige-se, com grandes passadas, para o teu ateliê, sem ouvir espere, espere, vou preveni-lo. Sempre vai embora sem levar quadros. Diz que conhece os compradores, mas que tua pintura é cada vez mais sombria. Um copo de genebra e tua resposta: você nunca verá outro estilo de pintura que o de Rembrandt van Rijn em meu cavalete.

Uylenburgh se afastava, diminuindo os passos, ao longo das pedras da Breestraat. Teus gritos:
— ...vá então bater à porta de Govaert Flinck. Esse bom aluno agora trabalha para esquecer o que lhe ensinei. Sabe fazer o

que lhe pedem, ele saberá para os cegos ignorantes que não vêem nada com seus próprios olhos.

Teus braços me estreitam e falando baixinho para mim: um homem como Hendrick Uylenburgh, que vende sua alma para estar na moda, pode um dia, apesar de seus medos e suas cautelas, falir.

Rembrandt quer o bem de Geertje Dircx. Sabe que sozinha, doente e sem trabalho não viverá muito tempo em seu pequeno quarto no Jordaan. Quer que ela tenha vida própria. Rasgou a intimação, por demais ridícula, dizia, e que o respeito perdido não se recupera. Ele não se apresentaria perante a corte no dia 25 de setembro, muito menos responderia. Pagará por sua ausência o florim da multa. Não vai perder seu tempo só porque Geertje Dircx perdeu a cabeça.

Não se apagam sete anos de vida. Na casa todos nós sabíamos que Geertje voltaria. Creio que ela não sabe o mal que fez; encurtou o tempo das lembranças que se aproximam. Como se a morte dos bebês Rombertus e Cornelia (as duas), depois a morte de Saskia, como se todos esses sofrimentos que se escondiam sob o manto da vida que continua (principalmente com o pequenino que chora quando tem fome), todos esses desgostos renascem atrás de teus olhos, tão salgados como o dia seguinte dos mortos. Essa mulher que te ajudou a sobreviver queria que o mal mais uma vez penetrasse em tua vida, era a sua vingança.

Teu trabalho, todos os dias e em maior número desde que ficaste mais velho, é uma prece. Todos os dias agradeces um pouco a Deus o dom que te ofertou. Diariamente, até agora. Geertje Dircx foi embora, mas seu silêncio não é o fim, é uma ameaça. Acho que a doença não te impediria de pintar, não pintar poderia atraí-la para ti. Ao ver tua paleta e teus pincéis secando, atormentado por uma criada melancólica, que quando abre a boca cospe doença e pobreza, tomei a decisão: irei ao tabelião, direi o que ouvi, os cento e sessenta florins e todo o resto; o tabelião escreverá, com uma cruz assinarei. Para o teu bem, para que ninguém pense no abandono sem recompensa.

Nenhuma criada irá testemunhar, é o que dizes, e não será a puta que vive com Rembrandt, de quem fala Geertje, que será ouvida. Respondo que, se fores convocado, minhas palavras assinadas te ajudarão na Câmara de Assuntos Matrimoniais (como o que Geertje começou poderá não continuar?) e que não tens bons motivos para me impedir. Lá no fundo de minha alma falando baixinho, ao testemunhar direi a todos que a criadinha dorme com seu patrão. Não é puta, ela o ama, é feliz, só quer o seu bem. Como não sei te dizer, quero testemunhar.

No espelho com a moldura de ébano de teu ateliê, arrumei as mechas soltas de meu cabelo, debaixo do capuz de meu *huik*. Um beijo. Muitos beijos. Evitei as poças de água até o escritório de Jacob de Winter, o tabelião. Na frente dele, em sua sala com os vitrais sem claridade, digo que não conheço as letras. Respondeu quanto valia o seu tempo para me escutar. Ele perguntava, eu respondia e sua pena arranhava o papel. Falo da tua oferta, cento e sessenta florins por ano, mais toda assistência em caso de doença; que Geertje não queria aceitar tua generosidade. Escondi a ruptura de promessa de casamento e a convocação, a mentira que ela alegava.

O tabelião escreveu, depois leu minhas palavras e reescreveu-as. Seria como um contrato que Rembrandt e Geertje poderiam assinar. Segurei a pena que o homem de preto me deu e embaixo de suas letras risquei minha cruz, dois traços retos, de cima para baixo, da esquerda para a direita.

Voltei sem capuz, olhando para o céu cinzento. A chuva saltitava e escorria no meu rosto, lavando-me da palavra suja de Geertje Dircx que esquecerei. Mais alto que o teto das casas, o mastro de um navio passeava sua sombra nos frontões como que os medindo. No barulho contínuo da chuva, a alguns canais daqui, as rodas da carruagem dourada e os cascos do cavalo do homem de preto batiam com força nas pedras molhadas. Rapidamente se aproximaram, depois tomaram outra direção, suas batidas se distanciaram.

Jan Six gosta dos artistas, é amante da arte, é o que dizes, mordendo o lábio para me fazer rir. Também se considera artista, escreveu uma peça de teatro, uma Medéia; é a reflexão sobre a desgraça fatal. Mas essa mulher que degola os próprios filhos quando o marido a abandona por outra, mesmo que tivesse conhecido, antes e depois, as grandes chamas da dor e do inferno, esta mulher...

Jan Six te pediu, em nome da amizade, duas gravuras para o texto de sua peça. Com ruidosos traços marcando as sombras, o estilete arranhou o verniz do cobre até o metal dourado. Na sombra, com um punhal brilhando nas mãos, Medéia aparece. Apesar da pouca idade de Jan Six, Uylenburgh o denomina colecionador. Ele já comprou alguns de teus quadros. Um colecionador é então o comprador ao qual o artista oferece presentes e ele os aceita. Embora tenha muitas amizades na cidade, sua peça Medéia só foi encenada três vezes, o suficiente para comprovar o talento de Jan Six. Mordes o lábio para me fazer rir.

Se os pequenos vermes se voltarem, eles não verão atrás de si (como à frente) senão trevas. Pois os túneis que cavam não são retos, ondulam como eles, segundo a forma de seus corpos no momento. Por isso é que levam longos anos para devorar e atravessar as enormes vigas de madeira.

Jan Six bate à porta que dá para a Breestraat. Abro, mas não recuo escondendo-me na penumbra nem olho para o meu avental.

Mesmo com a luz do sol ele não me veria, ele não vê as criadas, a não ser quando seguro sua túnica que ele balança no ar. Não faz perguntas, sabe que não abandonas teus pincéis antes do anoitecer, salvo em razão de uma venda de objetos de arte. Segue direto para a escada até o ateliê. Em pé no vestíbulo, sua túnica no braço, eu o olho, jovem ágil e bonito que se afasta.

Acha que é recebido como amigo, não sabe que é cortesia e bondade de tua parte. Diante de ti, empertigado, protetor, se intitula mecenas; e finges acreditar. Sempre condescendente com Jan Six, demais, eu penso, mas não digo. Acredito que é por pena, ele gostaria realmente de viver para a arte e deixar bem marcada sua dedicação após a morte. Quase sempre os compradores não querem ser retratados, querem a eternidade, é tua opinião. Mesmo se o Sol não gira mais em volta da Terra, nada ameaçará essa eternidade, a da arte, o tempo de um quadro; com uma boa cola de pele para preparar a tela, ela durará algumas centenas, talvez milhares de anos.

A segunda convocação da Câmara de Assuntos Matrimoniais teve o mesmo destino da primeira mas foi rasgada mais depressa; a nova multa foi de três florins.

Um pouco mais a cada dia, habituo-me à minha nova vida. Vou mudar a arrumação da cozinha, o mel e o doce de frutas na gaveta das especiarias e do gengibre, na mesinha vazia os potes de argila cheios com licores, farinhas e ungüentos que curam. Quem me ensinou foi a parteira de Bradevoort. Saí das trevas e das vísceras de minha mãe de nádegas, parto difícil. Sem essa mulher teria, talvez, nascido morta. E com certeza minha mãe teria morrido também. Sem ela, teria matado minha mãe, sem nunca saber.

Não tem nada escrito nos potes; os tamanhos são diferentes, não posso me enganar. Salvo a peste, posso tudo curar. Expulsa-se a peste com azougue[11] e, sobretudo, rezando. Pode-se também renovar o ar, ventilar a casa, quando dá tempo; quando os tumores de um moribundo aparecem, é tarde demais. Na véspera de minha partida, minha mãe benzeu o maior pote de argila, o que guarda o vinagre dos quatro ladrões. Misturar num bom vinagre um amarrado de arruda, um de hortelã, um pouco de absinto, um punhado de alecrim e outro de alfazema. Deixar em infusão oito dias, depois, nesse licor dissolver vinte e oito gramas de cânfora. Tudo pronto, molhar uma esponja na mistura e esfregar a boca, o nariz e todas as extremidades do corpo. Quando a epidemia se instalava, todos se preservavam com esse bom vinagre; enquanto isso os quatro ladrões que vendiam o remédio roubavam nos outros cômodos.

Do menor ao maior, arrumo os potes em linha reta, o açafrão, o vinho da China, a tintura de aloés, o licor de genciana, a noz de mirra, o óleo de zimbro. E a erva vulnerária que cura todas as feridas, conhecida por todo mundo (até na cidade), a bola de musgo lavada sobre o crânio de um enforcado com a mistura de sangue humano (quarenta e oito gramas), banha de porco, óleo de linho e açafrão.

Coloquei na mesa a travessa grande de cobre. Fumegava, cheiravam gostoso os pés de vitela e as tripas com *petit-pois*. Titus, compenetrado, conversa com seu pai. Ele diz que eu deveria aprender a ler. Quis me mostrar o alfabeto, mas as letras logo começam a dançar no papel, o sono escorrega em minhas pálpebras e cai em meus olhos. Titus se zanga, adora as palavras. Rembrandt ri, para ele jamais as palavras serão como a pintura.

---

[11]Antigo nome do mercúrio.

Titus deu um grito. Não a ouvimos entrar, com sua chave, e ela aqui está, Geertje Dircx, com suas grandes mãos espalmadas diante de nós, o corpo inclinado para a frente. Sua maldade e sua vingança envelheceram e afoguearam seu rosto. À luz da vela que treme, seu nariz e seu queixo viscosos estremecem, migalhas de sua pele arranhada se soltam. Toda a banha de seu rosto despenca onde os ossos não a sustentam mais. Visto de nossas cadeiras o rosto parece cheio de ar, principalmente os olhos. As pálpebras não têm forma, a da direita cobre a metade do olho. Só a boca cheia de palavras ainda está viva. Os lábios se contorcem e formam nós.

— ...Estou vendo que aqui se come bem, e se é feliz...
— Quer sentar e...
— Não, Rembrandt van Rijn, jamais em tua casa.

Ria, gemendo. Quem sabe um arroto. Inclina-se um pouco mais na frente, a banha de seu rosto, seus olhos nos de Rembrandt.

— ...O anel de Saskia —, diz ela, fabricando as palavras com a língua, o anel de noivado com um diamante, a pedra que afasta a epidemia, tua promessa de casamento...

— Ridículo — diz Rembrandt. — Ninguém vai acreditar.
— O anel da mulher perdida e esquecida, darias a uma criada, só para agradecer pelo seu trabalho?... Não acreditarão é na tua palavra, Rembrandt van Rijn.

— Onde está o anel?

Geertje se limita a sorrir.

— Onde ele está nada pode lhe acontecer.

Seu riso desaparece atrás de seus dentes. Rembrandt espera, sem fazer perguntas. Titus está no meu colo escondendo o rosto no meu avental para não ver a face intumescida de Geertje, sem reconhecê-la. Sobre a toalha da mesa, a travessa de argila não fumega mais. Uma após a outra, Judith e Geertruid se levantam e vão para a cozinha; não voltaram. De cada lado da mesa, Barent e Nicolaes se entreolharam; no mesmo instante, empurraram as cadeiras e deixaram a sala.

— Com o quê, pensas tu, Rembrandt van Rijn, eu sobrevivo? Após todos esses anos dedicados a te levar pela mão até o sol, a cortar no teu prato a carne e os legumes e quase ter dado comida em tua boca para afastar a morte de tua cabeça; alimentar teu filho, tendo antes mastigado por ele, a limpar seu corpo de tudo o que expele, a soprar noites inteiras as nozes com teias de aranha colocadas sobre seu peito para abrandar a febre. Após todos esses anos estou na rua, velha e doente, veja como estou, na rua. — E olhando para mim de soslaio: — É como o pintor Rembrandt cuida de suas criadas quando deixam de ser putas.

Sufocada pelo meu silêncio, quase desmaio. Eu não dizia nada, nem diria. Olhava para Rembrandt, para não vê-la, nem escutar, e, lívida, já não estava mais na sala. Mas eu não desaparecia e o olho de Geertje Dircx não me esquecia.

Seu corpo e sua boca se retorciam.

— Empenhei o anel de Saskia no montepio. Não és tu que agora me fazes viver, é ela.

Tua cólera não te domina. Vou resgatá-lo ou, depois de tua morte, Titus também pode recuperá-lo, o anel de sua mãe, é o que dizes. Para dar um fim a esse ridículo, irás à Câmara de Assuntos Matrimoniais. Quero a chave da casa, não há necessidade que fique em seu poder, aqui não é mais sua casa. Ela sacudia a cabeça; para não perder a calma, te movias lentamente. Ela é grande, pesada e gorda, a feia Geertje Dircx, mas quanto mais te aproximavas crescias e ganhavas força. Tu avançaste um braço em direção ao bolso que suas mãos protegiam. Ela deu um berro.

Mais tarde, nessa noite, com meu rosto em tuas mãos, sério, me olhavas. Pediste meu perdão e como não havia nada a pedir, logo te beijei. Dizias que era um segredo, um duplo segredo, mas que entre nós nada seria ocultado.

— Sabes que Geertje governa bem uma casa, mas ela jamais olhou uma pintura e não era mulher para mim. Sabes porque a conheces, nunca prometi casar-me com ela. Não fiz, nem poderia fazer essa promessa, por uma outra razão que desconheces, não posso me casar outra vez. Um zumbido de insetos nos meus ouvidos ou, talvez, dentro deles. Não é mais de Geertje Dircx que Rembrandt fala, é de mim, de minha vida. Eu o amo, bem sei, mas não sei dizer. Alguns dias, sem me mexer, escuto ruídos no teto de meu quarto que fica embaixo do seu ateliê. Quando o chão apenas range, é que, sentado em sua cadeira, ele dobra uma perna e estira a outra. Após silêncios que podem durar horas na ampulheta, ele se levanta, seus pés pesadamente caminham até a porta. Vai abri-la, me chamar, está com fome ou sede ou com dor nas costas. Ou vontade de me ver? Ele vai descer, em alguns segundos eu o verei, meu coração bate forte. Eu o amo, fecho os olhos, um grande suspiro cava meu ventre e as pontas de meus dedos fazem cócegas.

— Em seu testamento, Saskia me pediu para depositar vinte mil florins para Titus na Câmara dos Órfãos se eu voltasse a me casar, e a metade de nossos bens. Em virtude das sombras em minhas pinturas, minhas compras, o dinheiro que é escasso e se esconde, já há alguns anos que não os tenho, nem mesmo a metade. Isso é a prova de que eu não podia prometer casamento a esta pobre louca. Não poderia lhe dizer, seria confessar que o dinheiro se tornou difícil, seria não poder vender meus quadros pelo mesmo preço. Compreendes?

Concordei, disse que entendia. Sei que Rembrandt não pode se casar, não me iludo. Olho o rosto deste homem que a vida (e seus sofrimentos) marcou, intumesceu. Olho seus olhos, sua bondade. Sei que minha vida é aqui.

Depois, uma semana após a segunda, e a terceira convocação, Rembrandt resolveu pôr um ponto final nesse processo

Caminhou até a Dam, e dali rumou para o Stadhuis, subiu a velha escada comida pelos vermes, chegando à Câmara de Assuntos Matrimoniais. Arfava ao pensar no absurdo a que estava exposto; o ódio e a vingança também cansam. O impediam de trabalhar e de me amar também. Ele assinaria e ao retornar me contaria.

Com o queixo tremendo, a boca suja, Geertje disse ao tabelião Laurens Lamberti que Rembrandt lhe havia proposto casamento, a prova é o anel de diamante que salva a noiva da epidemia. E que ele havia dormido com ela várias vezes.

Casamento, nunca, respondeu Rembrandt, nada o obrigaria a confessar que havia dormido com aquela mulher, já que é ela quem diz, que prove. Poderia ter dito: não, nunca dormi com esta mulher. Mas isso a teria matado mais que a doença, e um pouco a ele também diante do espelho.

A tudo respondia que sim. Não queria mais discutir o processo; o que importava era a cura da doença de Geertje. Ele daria duzentos florins agora para que ela morasse decentemente e resgatasse o anel que, um dia, seria entregue a Titus. Não seriam cento e sessenta florins, seriam duzentos por ano até o fim da vida de Geertje Dircx. Se ela ficasse doente ou alguma outra coisa lhe acontecesse, durante toda sua vida Rembrandt lhe daria o necessário.

Laurens Lamberti achou boa a proposta. Rembrandt responde que é seu reconhecimento a quem, durante sete anos, o ajudou a sobreviver e seu filho a crescer. Sete, agora era uma nova vida. O tabelião molhou sua pena na tinta e deu-a a Geertje.

Ela segura a pena, o braço no ar e, num instante, a coloca na mesa. Torce a boca dizendo, Geertje Dircx não assinará. Que Rembrandt mantenha a promessa e se case com ela. Silêncio. Suspiro. Rembrandt abaixa a cabeça, o tabelião da Câmara de Assuntos Matrimoniais tenta falar, porém, Geertje, rubra, repete o que disse. Seus olhos escorrem pela boca, jamais assinará, Rembrandt vai se casar com ela, não quer duzentos florins, quer o casamento.

O tabelião percebeu que o ciúme havia crestado o cérebro de Geertje Dircx. Provavelmente também o fogo do diabo. Rompendo tua promessa de casamento, não viverias em paz com tua puta. Rembrandt olhou para suas mãos, o tabelião se levantou, o rosto rubro de Geertje não via mais nada, nem ouvia.

Os dois homens da casa de correção seguraram-na pelos braços, ela como sangrada grita como um porco que perde sua vida. Eles a levam. Até o fim do corredor ela ainda grita: se Rembrandt não se casar, não terá paz com o anel, ele se casará à força e não viverá feliz com sua puta.

1650-1654

Betsabé está sentada em uma almofada, olhando para baixo, com a carta do rei Davi na mão direita. Ele a quer imediatamente, que venha encontrá-lo, é uma ordem. É provável que o rei Davi tenha dito que a desejava quando a viu, tão bela, no banho. Lendo a carta fatal, seu olhar estava longe. À esquerda, encostada na janela, inclinada sobre seus pés, a velha criada a purificava antes do sacrifício. Com os olhos perdidos no desconhecido, Betsabé não vê nada. Eu não vejo nada. Não tem nada escrito na folha branca que minha mão segura (se tivesse palavras, não saberia lê-las). Do pregador que levanta meus cabelos na nuca, puxaste algumas mechas que contornam meu rosto. Atrás da tela ouço teu pincel acariciando e mexendo a tinta. Erguendo a cabeça, sorrio. Abro os olhos e retomo a pose.

Na cama aquecida, Rembrandt se estira longamente. Mais tarde que nos outros dias, na casa silenciosa, ele descansa. Titus e os alunos ainda estão dormindo. Todo sétimo dia, às oito horas, vou sozinha, ao longo dos canais frios, até a Oude Kerk. Antes de sair da Breestraat, massageio os ombros e as costas de Rembrandt, conto os ossinhos do meio e aperto na direção do músculo. Levantar um braço (sempre o mesmo) durante horas, em seus longos dias de pintura, é um sofrimento. Para mim é um pouco de prazer que ele me proporciona todos os dias e eu retribuo. Sobre a mesa da cozinha coloquei as tigelas, os pratos e os copos grandes para o café da manhã. Rembrandt encontrará o leite e a cerveja, o pão, os queijos e os arenques. Se Titus descer a tempo, seu pai irá servi-lo. Juntos brincarão com as luzes coloridas dos vitrais. Depois subirão ao ateliê. Apertando os olhos diante de seu cavalete, Rembrandt descobrirá, como se nunca o tivesse visto, o quadro começado. Escolherá o primeiro pincel do dia; entre os dedos separa os pêlos, os alisa, verificando o brilho e a leveza. Os óleos darão transparência à luz; pressionando as bisnagas encontrará as cores.

A trincha remexe a tinta na paleta e a leva à tela. Até a noite, todos os dias de sua vida. Ele não vai ao templo. Mas fala com a luz e agradece a Deus. Quando aperta os olhos. Todos os dias.

O homem vestido de preto prega do alto do púlpito. Abaixo dele, os homens e as mulheres viram-lhe as costas, conversando em círculos. Com a cabeça erguida, sem se envergonharem, as mulheres com seus vestidos coloridos cochicham atrás de seus brincos que balançam e brilham na luz. Os homens, com suas roupas de veludo e cetim preto, os rostos em brasa, estrangulados por seus colarinhos, afagam com a palma da mão as barrigas inchadas, tão inchadas como seus bolsos. Vejo a gordura externa, imagino a interna e viro a cabeça para não vomitar. Quanto mais enriquecem, mais engordam. Encostado em uma coluna, um bebê guloso berra quando sua mãe o passa de um seio para outro. Um pouco mais longe, na penumbra secreta, diante de um ladrilho que o fundidor desparafusou, na escuridão sem fim de um velho túmulo que espera um cadáver fresco, ainda não atacado pelos vermes, atrás da pá, atrás de um crânio sem carne que rola para um ladrilho vizinho, dois cães roem os ossos. Um rato passa ligeiro. Os cães rosnam. Será que seus latidos e a respiração quente acordarão os vermes adormecidos, alimentados na poeira dos homens?

O homem vestido de preto dirige-se aos ricos e aos pobres, aos saudáveis e aos doentes, reunidos no templo para ouvi-lo. Amedrontados, olham para o pastor, e para a cólera de sua boca desdentada.

— Como pode o povo de Deus se paramentar a esse ponto, vir ao culto vestido de cetim, brocado e damasco bordados a ouro e prata?... Berrai, habitantes de Mortier, o povo dos negociantes foi aniquilado, todos os encarregados de pesar o dinheiro foram destituídos.

Enquanto eles trocavam insultos, com seus beiços retorcidos, os dois cães latiam. Cravam os dentes no osso de um morto, um em cada ponta, as patas esticadas apoiadas no vazio diante delas; eles arrancam, sacodem furiosamente as cabeças, pulam de um lado para outro, com os olhos enlouquecidos não se separam mais. Com seus beiços trêmulos e fumegantes, eles trocam ameaças com as garras em volta do osso. A platéia, esquecida da cólera de Deus, explode numa alegre gargalhada.

Quatro carruagens passeiam pelas ruas de Amsterdã. São fabricadas na França para os príncipes. O homem de preto, cujo cavalo dourado galopa nas pequenas ruas da cidade, é o doutor Tulp. É ele quem corta e abre os cadáveres, Rembrandt me contou. Com seu nome roubado da tulipa,[12] vai rápido e menos enlameado sobre as pedras visitar os doentes ricos.

Nos cavaletes Rembrandt colocou os quadros ainda não terminados no ano passado. Sua faca raspa a crosta da paleta.

---

[12] O verdadeiro nome de Tulp era Pietersz (que significa filho de Pedro). O nome de família passa a existir com seu peso administrativo só depois de Napoleão. Sem dúvida, a moda da tulipa influenciou essa escolha.

Depois do processo, depois que Geertje Dircx foi levada para o asilo de Gouda, lentamente se liberava dos sofrimentos que a raiva havia ressuscitado. Devagar esquecia. Dizem que em Gouda os loucos são tratados. Mas não dizem que ficam curados.

Eu só saía de casa nos dias de ir ao mercado, às terças e quintas; e no sétimo dia para ir ao templo. É Judith quem leva Titus à escola e que o apanha às quatro horas. Não troco olhares com os que passam ao meu lado; olho firme para a rua à minha frente. Nas minhas costas ouço ou imagino o menear das cabeças e o nome que os sorrisos murmuram. Ele pula nas pedras, eu o arrasto nas pregas do meu vestido.

Rembrandt não se casou comigo nem vai se casar. Algumas vezes toca no assunto, mas nada mudará. Desde o começo fiquei sabendo.

Numa manhã chuvosa, eu caminhava lentamente com a cesta pesada cheia de rabanetes e queijos. Andei bem devagar em direção ao homem que me esperava perto da porta. Ele abre a boca:

— Sabe o que se diz em minha casa quando um viúvo se apaixona por sua criada?

Mesmo que quisesse responder, não poderia. Faltou-me o ar ou a voz, ou os dois. A palavra crepitava em meus ouvidos, o mesmo barulho que fazem as tripas jogadas no óleo fervente. Elas se abrem como as flores venenosas deixando escapar a podridão. Nunca havia visto este homem. Tinha a idade e o colorido vermelho de meu pai, assim como ele macerado em cerveja. Seu sotaque era de Frise.

— Dizem que ele defecou no chapéu antes de colocá-lo na cabeça. — Inclina-se para trás e ri com todos os dentes.

Uma pancada na aldraba da porta da casa que agora chamo minha casa. Sobretudo, não tirar a chave, mesmo se estiver presa às do pequeno pátio e do celeiro numa corrente que trago na minha cintura. Tinha medo. Enfim, fabriquei palavras em minha boca e perguntei o que desejava. Queria ver Rembrandt. Perguntei por quê?, abri a porta.

O homem se chama Peter Dircx, é irmão de Geertje Dircx. Fala de entendimentos e do preço do asilo de Gouda. É preciso pagar, cuidam dela para curá-la, com certeza. Quer que Rembrandt lhe dê o dinheiro; é mais fácil para ele, como irmão, administrar o dinheiro, principalmente depois do retorno de Geertje, já curada. Seu sorriso revela que nem ele mesmo acredita no que diz, nem espera que acreditem. Após sua partida, tu me abraçaste forte. Nunca mais veríamos as caretas, ouviríamos os nomes sujos, jamais o nome de Geertje Dircx seria pronunciado nesta casa, ou o de sua família.

Às vezes, o colecionador Lodewijck van Ludick vem jantar conosco. Conheceu Rembrandt com Saskia, é seu amigo e gosta de sua pintura. Fala das obras que passam pelas mãos dos que estão de passagem na Terra, mãos que nunca as possuirão; a arte sobreviverá àquele que a ama, é a arte que o possui. Por amar (de passagem na Terra) e colecionar obras de arte, tornou-se negociante. Respondeste que a arte que sobreviverá por muito tempo nunca é a que está na moda, que a arte de que ele gosta não é a aparente, mas a falência é um perigo para as almas honestas como a dele.

Após o jantar, à luz trêmula das velas, como todos os holandeses, Rembrandt lê o livro sagrado. Eu o observo e o admiro. Deus o escolheu para pintar Sua luz. E ele me escolheu. Judith diz que é meu destino. Se Deus me destinou a acompanhar Rembrandt e seu trabalho, todos os dias estarei a seu lado, todos os dias da minha vida e da dele (até que um de nós morra, Senhor poupai-nos), querendo seu bem, o de Titus e de nosso bebê que vai nascer. Não esquecer a essência de terebintina.

Duas ou três vezes por ano, sob a cúpula do templo, no sétimo dia a grande mesa é coberta por um tecido de brocado vermelho. Sentados à mesa do Senhor, cada um recebe o pão que o pastor dividiu. Tomai e comei. Este é Meu corpo. O sacrifício de Jesus Cristo é incomparável, e será por todos os tempos. Ele nos salvou, é o pão da Eucaristia que desceu do Céu. Ele o dá para a vida na Terra, é Sua carne. Aquele que comer desse pão viverá eternamente. Não como desse pão, mastigo-o lentamente, um gosto açucarado em minha boca. Meu corpo recebe o corpo de Cristo e com ele será nutrido. Meu vizinho à esquerda me entrega o copo de estanho, inclino a cabeça para trás, deixo que meus lábios saboreiem o vinho de minha igreja. Passo o copo para o vizinho à direita. É o sangue de Cristo derramado para nossa salvação e o perdão de nossos pecados, até nossos dias.

Ao abrir a porta, eu o reconheci. Já conhecia a história de seu irmão Adriaen, era a primeira vez que o via. Já sabia de seu jeito de ser, sobretudo depois da morte do pai e, em seguida, de sua mãe. A vida de um moleiro em Leiden é instável, pequenos ganhos, más colheitas e muito hipócritas. Não é a de um jovem pintor famoso em Amsterdã. Então há dez anos, quando ele teve problemas de dinheiro em razão de seu temperamento e dos negócios, atendendo a teu pedido, tua irmã Elisabeth não te considerou como irmão em seu testamento.

Era Adriaen, no mesmo instante o reconheci. Seu olhar distante, as rugas em sua testa, lábios caídos e tristes. Sua voz arrastava as frases como um lamento. Abandonando teu pincel, desceste a escada, foste ao seu encontro, de braços abertos, pedindo notícias. Elisabeth está cada vez mais distante, a vida sempre lhe sorriu, nunca parece triste. Fui apresentada como Hendrickje; beijei Adriaen como se já fizesse parte da família. Neste momento difícil iria ajudá-lo, com pouco dinheiro. O comércio atualmente não anda bom, seu dinheiro não era muito.

De repente, no meio da conversa, dando um passo na direção do irmão puxa-o pelo braço para que fique a seu lado. O rosto de Adriaen, iluminado pela claridade laranja do vitral, ilumina o teu. Fui esquecida. Com Adriaen te seguindo sobes a escada até o ateliê, andando mais rápido que de hábito. Conheço esse olhar, o tempo pára, como no primeiro dia do primeiro retrato. Como uma brasa que iluminasse teus olhos, uma alucinação, já vendo o que vais pintar, teu pincel na tela a reconhece.

Duas horas mais tarde, marcadas na ampulheta, subo até o ateliê levando pães, arenques e cerveja morna. Suavemente abro a porta. Os olhos de Adriaen vagam entre o chão e as manchas de tinta, seguindo sempre o mesmo caminho. Em seu rosto circunspecto, a sede secou seus lábios. Traz na cabeça o capacete de cobre trabalhado com o martelo e cinzelado, espelho dourado que atrai a luz que explode em mil faíscas, antes de devolvê-la às transparências. Adriaen pergunta se já acabou.

A baleia é um peixe grande que engoliu Jonas. Depois, por ordem do Senhor, vomitou, devolvendo-o à terra seca. O mar vomitou uma baleia na areia do porto de Amsterdã. Com grandes passadas em suas pernas de pau, as crianças da cidade batem nas portas. Tocam tambores, correm, gritam e cantam. Uma baleia que se expõe aos homens é um mensageiro de Deus. Sei disso. De joelhos rezo, para que Deus em Sua misericórdia tenha piedade de nós.

Tu me disseste.

— Vamos ao porto. Já limpei minhas trinchas e meus pincéis, não é todo dia que uma baleia encalha no porto de Amsterdã. Não é todo dia também que sais para a claridade rosada do porto. Segurando delicadamente minha mão (eu não ousaria), de braços dados caminhamos. De cabeça erguida, sem falar, mas como se dissesse: "É minha mulher." Eu, que ainda não sei olhar as pessoas nos olhos, só te vejo. Sorrio, sou tua mulher. Ao nos aproximarmos, o cheiro do monstro, que se espalha, fere o nariz. A multidão se apressa. As matracas dos leprosos cacarejam à sombra dos pórticos. Homens vestidos de preto e mulheres com brincos correm nas pedras das ruas do porto; pés escorregam, tornozelos se torcem. Ao vê-los, não contenho o riso.

Mais além dos navios que balançam, atrás de seus mastros que varam o céu alaranjado, além dos pedregulhos da areia, por detrás da multidão preta e colorida (os ricos e os pobres que deixaram a cidade para vê-la), ela está aqui, deitada aqui, a baleia. Maior do que eu imaginava. Maior do que o espírito possa suportar. Criatura do demônio. Como outras pessoas perto de mim, caio de joelhos, com as mãos no rosto. Perdoa nossos pecados, Senhor, dá-nos Tua clemência, não nos deixes cair em tentação, livra-nos do Mal. Como a cidade de Nínive, Amsterdã vai se arrepender. Abro um pouco os dedos para sentir o monstro, pedaços de baleia atrás de um leque de enormes vértebras rosadas. Na goela do devorador de profetas, na sua poderosa mandíbula, o demônio implantou enormes dentes pontiagudos. Jonas desobedeceu as ordens do Senhor, depois na escuridão da barriga do peixe ele rezou, com toda sua alma ele O chamou, e o Senhor o salvou. Jonas percorreu o caminho do pecado até a salvação de sua alma, das trevas à luz, da água à terra seca. Uma baleia encalhada é um aviso de Deus. Surgindo de suas entranhas longas e profundas, um suspiro gargareja, um córrego de limo escorre da goela escancarada.

Rembrandt se aproxima do monstro. Levanto e me junto a ele. Os homens e as mulheres, os ricos e os pobres, até os leprosos riem alto. Homens escalam o grande corpo escorregadio e patinam em cima dele. Com os pés e as mãos eles apalpam a gordura do animal, tapam o nariz e dão palmadas em suas coxas. São tão gordos quanto o que engorda seus bolsos. Em volta de seus ossos eles fabricam o alimento para os vermes que vivem embaixo da terra serem, um dia, saciados. Com toucas de gordura, seus rostos vermelhos mostram todos os dentes, certo, ganhar tanto dinheiro é sinal que Deus os elegeu.

Sem mesmo ter preparado os barcos nem os pescadores, sem arriscar dinheiro nem vidas humanas, sem conhecer o perigo da pesca no mar, os comerciantes de óleo de baleia, hoje, agora, enriqueceram. Estourando como balões de pele divina. Deus é bom para eles. A não ser que Ele se sirva deles, de seus pecados e de suas vísceras para aumentar Sua vingança, o Dilúvio que um dia (desconhecido no tempo, nem longe, nem perto) afogará as Províncias Unidas e seus habitantes.

Dia e noite derreterão a gordura. Toda a cidade ficará empestada com o cheiro do demônio. Rezando, saberemos que os ricos acreditam que não é difícil para eles entrar no reino de Deus; saberemos que o sinal de Deus está prestes a se liquefazer. Talvez. Sua cólera e nossos pecados também.

Gritos e risos em volta do monstro. Com uma vara, dois homens de chapéu preto medem o pênis da baleia que é tão, mas tão incrivelmente grande, que reviro meus olhos sem acreditar. O tamanho aumenta, repetido de boca em boca, estica até nós. Quatro metros de pênis!... Quatro metros, repete, na minha frente, um homem de preto. Ele fala com os dentes cerrados. Devagar, olha para o lado exibindo seu perfil de faca. Não nos viu.

Reconheço o homem da carruagem dourada. Rembrandt cochicha em meu ouvido:
— É ele, o doutor Tulp.

Jan Six vem te visitar. Como sempre, não me vê. Com o sol iluminando meu rosto, estendo o braço para segurar o seu gibão. Ele sabia que eu ouviria? Gostaria? A porta do ateliê estava completamente aberta. Jan Six já no primeiro degrau.

— ...eu também estou irritado, acredite. Mas a sociedade que gosta de arte vai lhe virar as costas se continuar a freqüentar pessoas de baixa classe social. Eles tomam conhecimento sempre de coisas que não deveriam saber, a alta sociedade. (Ele ri.) Dormir com sua criada não seria um erro, se não existisse processo e escândalo. (Ele ri.) Veja como Descartes foi feliz com a sua e a pequena Francine e, no entanto, nunca se casou com ela.[13] (Ele ri.) Esteja certo, Rembrandt, essa ruptura de promessa de casamento que a cidade discutiu durante meses traz prejuízo para você e para o comércio de sua arte. Mas (com a voz bem suave) o esquecimento pouco a pouco se instalará. O tempo apagará o erro.

Jan Six desce a escada. Sou também um erro, morro de vergonha. Com um gesto brusco segura, sem me ver, o gibão que lhe dou; gira-o em torno dele e o joga nos ombros.

Judith diz que o espermacete cru da baleia protege a pele do vento e do tempo, evitando as rugas. Todas as manhãs, depois de me vestir, na frente do espelho do nosso quarto, penteio meus cabelos. Assim como o tempo que a cada ano passa mais rápido, do outro lado do espelho meus olhos brilham em suas órbitas como brasas. É o tempo e o cansaço. Aproximo meus lábios para

---

[13]Descartes manteve um relacionamento com Helena Jans, criada de um dono de livraria em casa do qual viveu em Amsterdã em 1634. Sofreu muito com a morte, em 1640, da filha deles, Francine, nascida em 1635.

um beijo, eles racham na superfície gelada. Meu rosto está encovado, meu nariz alongado, mais afilado. Apesar do espermacete de Judith, não são trejeitos que tracem sulcos na minha pele e que os sorrisos não dissimulam mais. O queixo e a face, menos transparentes que outrora, estão salpicados de pontos rosados. O tempo passa muito rápido quando ele não me esquece.

Depois da visita de Jan Six, esperei entardecer e subi ao teu ateliê. Eu te disse:

— Guarda-me contigo. Sinto-me tão bem a teu lado, aprendo a vida e o que importa. Quero te ajudar, se minha ajuda for necessária. Mas se me torno um peso e por minha culpa tua vida se complica, então...

Aproximando-te, suavemente colocas um dedo em meus lábios. A outra mão acaricia meu rosto, desce ao longo do meu pescoço, pousa em meu seio, e se espalma em meu ventre. Apesar de teu dedo e tua mão, sem rir e sem disfarces, continuo.

— Não publicaremos o anúncio três vezes seguidas. Não dirás sim, não colocarás o anel em meu dedo, não usarei dois durante a cerimônia, um no dedo médio e outro no polegar. Não convidaremos a família para o casamento, os alunos e os amigos. Não beberemos o *hypocras*,[14] nem comeremos a compota de pavão e o galo guarnecido com abricó de Ormuz.

Com doçura sorris e balanças a cabeça. Tua mão roda em volta do meu umbigo, desliza, insinua-se em minhas roupas até se perder nos pêlos e se debater prisioneira.

— Saskia fez seu testamento muito jovem, não sabia quanto a vida pode mudar. Os quarenta mil florins que os dois possuíam na época, tu não os teria dez anos mais tarde. Nem a metade, vinte mil, iria para a Câmara dos Órfãos, para Titus, se houvesse um

---

[14]Vinho do Reno condimentado com gengibre, canela e cravo-da-índia.

segundo casamento. Ela sempre quis o teu bem, mas na hora da morte julgou estar sendo sensata. Pela primeira e última vez em sua vida. — Tua mão encontrou seu lugar, espalmada e aquecida. Beijo-te, pequenos beijos soprados que estouram como bolhas.
— Falas de casamento, dizendo sofrer por não manter a promessa nunca feita, que eu não te deixaria fazer. — Tua mão faz o que deseja, se delicia no que procura. — Mesmo se tivesses, atualmente, os vinte mil florins, Rembrandt, não gostaria que os perdesses por minha causa (beijos bolhas), me sentiria envergonhada. Teu indicador encontra o prazer que, rápido, o inunda. Minhas pernas se abrem e se dobram, os braços em volta de teu pescoço para não cair, não escorregar. Teu dedo nu penetra cada vez mais fundo. Fecho os olhos, solto um gemido. Agarrada a teu pescoço, como se com um só dedo tu me sustentasses, meus pés apoiados na ponta das unhas não tocavam o chão. Meus lábios nos teus.
— A vida que me ofereces, não troco por nenhuma outra. Sou feliz junto a ti, Rembrandt van Rijn. — Abraçados, saboreavas a mim, minha língua, minha saliva, aqui, bem juntos, todo meu. Aqui de pé.

No sétimo dia, no último dia de uma lua, um cometa atravessou o céu da Holanda. Mais um sinal. Os velhos, sem dentes, que nunca saem de suas casas, abriram as portas. Em suas longas vidas já viram outros avisos. No céu eles os reconhecem, juntos rezam. A vingança de Deus é sempre a epidemia e a inundação.

No espelho de teu ateliê, no grande espelho emoldurado em ébano que te vê envelhecer, teu dedo percorre os traços que o tempo gravou em teu rosto. Um gorro de veludo preto cobre tua cabeça. Sem mentir, reencontras teus sofrimentos. Com uma nova coragem em tua nova vida, teu rosto, erguido, olha o futuro. Tua trincha mergulha no óleo de linho (teu retrato, meu amor, recenderá por muito tempo ao alho que controla o cozimento), em cima da paleta ela hesita, com uma pá recolhe a pasta azulada mexendo-a furiosamente até obter uma mistura escura, que jogada na tela sobre o fundo sombrio parecerá clara.

Não és mais o náufrago devolvido às margens escarpadas de um rio e à vida. Em meus braços mais uma vez dormes sem a genebra. No grande ateliê as conversas e os risos dispersaram os cheiros congelados e o silêncio. A fumaça da pele e dos ossos de coelho que derretem invadem de novo a casa. Escuta-se, na escada, a correria dos modelos (e seus risos abafados) e as brincadeiras nem sempre bem-vindas dos alunos Bernhard e Willem.[15] Principalmente quando procuram sentir melhor o peso da carne.

Na noite de 5 ou 6 de março, a água do céu transbordou os rios e os canais. O dique de Santo Antônio foi fechado a tempo, antes que a terra fosse inundada. No vento e na chuva, homens e mulheres trabalharam a noite inteira. As mulheres que não tinham carrinho de mão transportavam a terra nos aventais. Deus nos punirá, de nossos pecados nos livrará.

Juntos iremos pelo canal até a casa de campo de Jan Six. Preferiria não ir. Sobretudo no domingo, na hora do culto, quando as portas da cidade se fecham. Titus pularia no gramado, eu, a criada, brincaria com ele. Não era o que querias, mas para este homem jamais eu seria tua mulher. Em casa de Jan Six serei a criada, aquela que não se vê. Prefiro a mentira que me ignora a seu olhar que me atravessa como uma lâmina.

Vivi vinte anos no campo, sei que aí pode-se ser contaminado pela doença da melancolia. É uma névoa cerrada que penetra no corpo pelos buraquinhos da pele, chega à cabeça corroendo-a.

---

[15]Bernhard Keil (1624-1687) e Willem Drost (c. 1630-1687).

Talvez seja essa a razão de estarem sempre limpando, lavando mais que na cidade. Esfrega-se, raspa-se, areia-se a ferrugem que empesta tudo. Quando bem grudada, bem instalada, forma pequenos pacotes que se retorcem como uma família de vermes marrons. Subimos no barco. Na margem o cavalo enterrava com esforço seus cascos na lama. Amsterdã distanciava-se, lentamente atrás de nós o campanário da Westerkerk desvanecia-se. O canal cortava, em linha reta, o grande mar verde que, até o horizonte, nos circundava. Em tua caixa, três placas de cobre, estiletes e buril, verniz e pincel. Naqueles anos, entre as duas guerras, o campo descansava teus olhos quando me falavas dele. O silêncio no horizonte a perder de vista, os canais que se cruzam até a terra plana, os céus imensos e as nuvens ligeiras, suas sombras que nos envolvem depois nos abandonam ao sol.

Nunca levas a Bíblia quando deixas a cidade. Deus está em toda parte, nos canais onde nadam os cisnes, cabeças erguidas, com seus longos pescoços; na ponte, no veleiro, no pescador, em toda esta vida serena, dizes, na ponta de teu estilete que arranha o cobre. Vida que deve ser vista por nós como Deus a criou. Sabes de verdades que outros ignoram, eu as sinto, bem próximas. Estou em tua vida, lentamente ela me penetra.

Jan Six coloca o braço em teu ombro. Não sei por que seu gesto me aborrece, viro meu rosto. No entanto, não devo escutar o que me causa ressentimentos, é o que me dizes, tens razão. Não é por ter ressentimentos que tenho razão. Jan Six diz que acredita na amizade. Ele que não gosta de mulheres e não sabe o que é amor. Há alguns anos vieste a esta casa. Aqui foi gravado o retrato de quem te oferece tanta amizade. De costas para a janela ele posou no salão. O cachorro latia e pulava a seu lado. O desenho que antecipava a gravura não agradou a Jan Six. Muito diferente da imagem que vê em seu espelho, onde nunca sorri; muito diferente do artista idealizado, que quer ser amado e ter suas obras imortalizadas. (Mordes o lábio para me fazer rir.) Muito campestre, árvores, viveiros de pássaros, muito típicos o cachorro e as botas. Trocou de roupa, o cachorro desapareceu, expulso do salão. Jan Six inclinou o rosto sobre um livro. Cerrou os lábios, franziu a testa. A gravura agradou-lhe, ele gostou de si mesmo, ele era o erudito, amigo das artes e dos artistas, autor de talento de uma Medéia.

O cão latia e saltava atrás de seu dono. No labirinto de seu jardim, Jan Six conversava com Rembrandt, olhava para a frente e, a cada cruzamento, tomava outro caminho sem refletir. Com grandes passadas talvez quisesse me perder; mas bem atrás eu segurava Titus pela mão, ele puxava meu braço, queria acariciar o cachorro. Por esse motivo não queria ficar perto, o pêlo dos gatos e cachorros carregam os miasmas da peste. Titus chorou, soltei sua mão.

Sem declarar guerra, os ingleses atacaram a frota holandesa. A paz não durara três anos. Depois dos espanhóis, os ingleses. Essa guerra será na água, o comércio marítimo em confronto com o outro. Os velhos que abriram suas portas para ver o cometa reencontram-se na rua. Resmungam com suas bocas desdentadas: se esta guerra durar muito, será contra o porto de Amsterdã, prejudicará seu comércio.

Os pequenos vermes brancos fervilham e seguem seu caminho, cada um em seu túnel. Lentamente, roem a madeira. Depois de digeri-la deixam uma poeira cinza para trás. Seguem sempre em frente, seus caminhos tremem. Não podem voltar, não saberiam. Cavam bem devagar, depois se agrupam em bolas para dormir, pacientes, alimentados pelo trabalho e pela serragem.

As fêmeas põem ovos, os abandonam, seguem em frente. Mais tarde, atrás delas uma nova tropa vai despertar e cada bebê verme, livre de seu envelope transparente, cavará, na sua vez, um novo túnel ao lado daquele que o viu nascer. Em dez anos, cada verme alcançará a outra extremidade de seu túnel.

Falas e repetes que eu estou sempre a servir aos outros (menos a Jan Six). Que a teu lado, na praia, não temo a baleia nem os outros. Não sou casada, mas sou tua mulher e iremos juntos ao leilão. Apoiada em teu braço, olho meus pés que caminham entre os bancos. Imagino os olhares e as palavras que me julgam. Por fim, sentada, tua mão prisioneira de meus dedos brincalhões, levanto a cabeça. Todos se encontram aqui, Jan Six e o doutor Tulp, todos de preto em seus veludos desenhados, Uylenburgh e Huygens. Não me julgam, não me conhecem, não me viram, nem eles nem as mulheres com seus pesados cetins coloridos. Só vêem, à frente, o estrado no fim da sala, o leiloeiro e os quadros apresentados pelo ajudante.

Uma grande paisagem, uma tempestade com sombras azuis de Hercules Seghers. Nos pequenos leilões os preços são baixos, e o dele aumenta lentamente. Os olhos do leiloeiro observam, ligeiros, toda a sala a cada lance. Perto da minha, tua perna toca o chão com pequenas batidas; de repente todo o teu corpo estremece, como se queimasse em febre. Sacodes a cabeça, solta minha mão. Teus lábios repetem a palavra como um gemido, vergonha; depois, bem alto, vergonha, vergonha.

— Cento e cinqüenta, cento e sessenta, cento e sessenta e cinco florins —, o leiloeiro percorre as fileiras e toca de leve os colarinhos brancos.

— Duzentos e cinqüenta florins. — É Rembrandt. É tua voz dando o lance. Todas as cabeças voltaram-se para ele. Rostos rubros com olhos redondos, cenhos franzidos, sem sorrisos, não tens amigos aqui.

A mão de Rembrandt, mais uma vez, segura a minha, cúmplice ela divide a alegria do momento. Afrontas as faces encovadas, os lábios petrificados, as censuras e os julgamentos. Com as pernas abertas, peito inflado, olhando à esquerda e à direita, devolves a todos um sorriso. Respirando fundo:
— Para a sobrevivência da minha profissão!...
É demais para os notáveis. Eu te olho, estás contente, tu és belo. Pensas em Hercules Seghers cuja morte te privou de um amigo; de suas pesquisas para imprimir as cores nos tecidos; por quanto ele vendia os pedaços das placas de gravuras recortadas. Para comer. E numa noite, na miséria, a genebra o jogou, de cabeça, escada abaixo. Sei que ele se orgulha de ti. Eu também.

Tu insultaste a lei e os costumes, o dinheiro que tem de ser respeitado e não é dado. Quem compra com o preço exato (e mesmo abaixo), quem empresta a juros mas tem sempre razão. Nesse dia, os rostos severos estrangulados por seus colarinhos te condenaram. Como esperado, disfarçando, abaixo os olhos.

Mais tarde, em casa, riremos muito com Titus. Beijarei todo o tempo teu rosto. Direi o quanto te amei naquele momento, como estava feliz e orgulhosa de Rembrandt van Rijn, meu marido.

O sol aqueceu a terra. Na cerejeira do pequeno pátio os caroços das frutas expulsaram as pétalas das flores. Judith pendura na árvore diabos de tecido que metem medo e afugentam os pássaros. As cerejas vão crescer brilhantes como os tumores, a pele vai estourar cheia de um suco bem preto. Não lhe disse que as cerejas disseminam a peste, gosta demais delas. Ela não acreditaria. Nunca o diabo, mesmo reproduzido em um tecido, afugentaria a peste. Não quis olhar.

Mais que um suspiro, é um lamento que escapa. Faço uma careta e dobro a perna esquerda. Teu rosto se afasta do chassi.

Bocejo. É à tarde que o sono me surpreende e não consigo me livrar dele, desde que no meu ventre nosso bebê se alimenta de minha vida. Deixando a paleta e o pincel abandonas a Betsabé da tela, vens para mim. Dobro a perna direita; inclinada para a frente uno minha vida a esse segundo coração que bate dentro de mim. Levantando o tecido vermelho que cobre metade de meu corpo, lentamente se introduzindo sob o veludo, sinto tua presença.

A guerra contra os ingleses será longa. Uylenburgh raras vezes aparece. Quando parte com um quadro é sem comprá-lo, nem mesmo dá um sinal. Como se dissesse: comprar um Rembrandt atualmente é um risco para um negociante. Van Ludick é mais generoso, mas comercializa menos. Felizmente, para as despesas do dia-a-dia o colecionador e negociante de gravuras Clément de Jonghe aparece sempre na Breestraat. Escolhe contigo o momento de Cristo, procura nas caixas os desenhos e as provas. Traz sempre na bolsa os florins e a pluma para as duas assinaturas.

Melhor que um presente de casamento, Rembrandt comprou para mim um armário esculpido com um bonito friso de tulipas. Ele o ganhou junto com doze punhos de sabre e dez cabos de adaga de prata, na Dam. Era uma loteria para ajudar a cidade de Veere e seus pobres (viúvas e órfãos), depois da inundação e da peste. O armário não estava vazio. Bem dobrados nas prateleiras, quatorze pares de lençóis, trinta toalhas, uma dúzia de lenços e dez echarpes. Sou a mulher de Rembrandt van Rijn, a dona de casa. Prendi a chave do armário em uma corrente que trago em volta da cintura. Como se meu marido tivesse me dado um dote. De cabeça alta diante do espelho olho meu rosto, espicho a língua, não acreditando. Meus dedos acariciam a madeira escura e esculpida, várias vezes escuto o ranger da porta esquerda, aproximo o nariz da madeira mais fresca das prateleiras. Perfumarei o armário, a roupa, tudo, com aspérula. Possuindo um armário, com certeza, amadureci, tornei-me uma mulher, talvez tenha envelhecido.

Enquanto dormíamos, ouvimos o barulho do incêndio, antes de o ver. Na tempestade de granizo os ladrilhos foram os primeiros a cair. As matracas das vigias estalavam de forma diferente. O metal e a madeira arrancados balançavam-se nas chamas que os lambiam antes de retorcê-los. As chamas procuravam as vigas que gemiam e se deslocavam. Debruçados na janela vimos o velho Stadhuis se incendiar. O fogo arremessava-se em direção da lua, como que desenhando uma segunda construção, maior que a real, alcançando as estrelas.

Num esplendor de luzes jamais visto, o antigo Stadhuis (já condenado pelo novo em construção) flutua no céu, em seu último suspiro. Pela janela aberta, as chamas salpicam em meu rosto flores quentes. Rembrandt desenhará de manhã bem cedo o que restou dessa ruidosa agonia, antes que o fogo se apague para que o esqueleto de carvão nunca seja esquecido em sua última fumaça.

Bem junto a mim, o riso triste de Rembrandt o estremece e a mim também. Empurradas pelo vento as chamas atravessam a Dam, como uma muralha de fogo ameaça o novo Stadhuis em construção. Os notáveis chamam-no de oitava maravilha do mundo. Nele serão instalados a administração da cidade, o tribunal, o tesouro do banco de Amsterdã e as prisões no subsolo (as das portas da cidade não são suficientemente grandes). Está construído em cima de treze mil pilotis, é o nosso templo de Salomão. Se os vermes já tiverem atacado a madeira dos pilotis, as placas de pedra de Bentheim, as belas placas pretas e brancas se quebrarão, o chão plano se levantaria como as ondas que agitam o mar, as paredes lentamente se desmoronariam em meio a uma nuvem branca e preta. É, talvez, em Sua Casa que Deus esta noite começa sua vingança. Atravessando as chamas e a fumaça, homens e mulheres carregam, correndo, baldes bem pesados. O novo Stadhuis conheceu, bem próximo, o calor do incêndio, mas não suas chamas. Três semanas mais tarde, a cidade ficou sabendo (de porta em porta, da boca ao ouvido) que os cofres das moedas de prata fundiram-se no subterrâneo do esqueleto de carvão, o que é realmente uma grande perda. Além disso, uma enorme parte dos arquivos foi queimada. Uma perda ou um ganho para alguns? É preciso que o mundo antigo se derreta para que um novo ganhe vida? Judith cochicha, sem querer incomodar, perguntando se não foi a mão do homem que acendeu as chamas do demônio.

Na praia, Judith comprou com um marinheiro um punhado de folhas de chá da China. Um pouco mais longe viu as putas que vendem o corpo em troca de algumas folhas. Será que as revendem na cidade? Deixar ferver, em água, por muito tempo algumas gramas da preciosa planta. Depois acrescentar mel, pelo menos quatro colheres por pessoa. Para Ephraim Bueno, duas ou três taças de chá por dia não podem fazer mal. Já para o doutor Tulp, aconselhar até cinqüenta taças para as mulheres nervosas ou que sofrem de prisão de ventre as poria em risco. Experimentei, cuspi, é muito amargo. E também não estou com prisão de ventre.

O bebê de Betsabé e Davi está doente, assim quis o Senhor. Para melhor rezar e suplicar, Davi não come e não dorme mais em seu leito; dorme no chão de pedra. O papel úmido recende a tinta e óleo de linho. Com a camisa de dormir, de joelhos, os cotovelos apoiados em seu leito holandês aquecido com tapeçarias coloridas, o homem reza. Ele é o rei Davi, no sétimo dia seu filho morrerá.

Sete, uma fase da lua. Tão próximo de nós, tão holandês, Davi não chorará sete vezes como Eliseu, o bebê não ressuscitará.

Posando como Betsabé, mulher de Urias, eu que não cometi adultério, não fui desejada nem ofertada a um outro rei que não o meu, sei que tudo tem um preço. Hoje retomo a pose. Debaixo do lençol deixo nu meu ventre inflado pelo bebê que logo respirará o mesmo ar que nós. Tu te lembras das três pequeninas vidas tão cedo apagadas e, num instante, atrás do teu pincel nos teus olhos enevoados vejo o medo. A carta do rei Davi ordena que eu vá ao seu encontro, algumas palavras, uma ordem num pedaço de papel. Com meu bebê que se debate estou feliz; fecho os olhos, sinto que meu rosto sorri. Abro os olhos, lembro-me, o destino de Betsabé já estava traçado.

Em meu sonho senti o cheiro de porco queimado. O novo Stadhuis estava em chamas. Nas celas do subsolo os prisioneiros retorciam-se, altéias caramelizadas em volta de um berro. Espetos atravessavam seus corpos. De suas bocas carbonizadas, esturricadas, escapavam rolos de fumaça.

Uma carta seguiu um longo caminho, da Itália até Amsterdã. Até a Breestraat. A carta escrita em italiano está assinada por dom Antonio Ruffo. O negociante Isaac Just, que vende aos compradores de outros países, a traduz.

Dom Antonio Ruffo quer novos quadros para sua biblioteca, retratos de homens que pensaram e que ajudaram outros a pensar. Filósofos e poetas. Um colecionador, dom Ruffo, um amante da arte, diz Isaac Just. Rembrandt concorda, um homem de bom gosto e cultura, um homem de valor. Que esse homem venha encontrá-lo, a ele e sua pintura; vir de grandes terras, demorar tanto tempo (tantos anos desde a glória) desperta sua confiança. Sim, isso o tranqüiliza, creio. Em meio a uma guerra, dinheiro cauteloso e notáveis sem memória que não pensam, nem escolhem sozinhos. Quer fazer um belo quadro. Pede tempo, precisa pensar.

Rembrandt me pediu, tiro meu avental antes de abrir a porta (a não ser quando pelo pequeno buraco aberto na madeira reconheço a longa silhueta de Jan Six). Dessa forma, as pessoas que vêm a nossa casa sabem que não sou a criada, e que espero um bebê para daqui a pouco, a menos de nove meses. Doutor Ephraim dá pancadinhas em minha face, gentilmente pergunta se me sinto cansada no inverno, como vai minha enorme barriga.

Rembrandt aprendeu a história dos homens no livro sagrado. Não confia nas palavras dos outros livros. Mas para o quadro da biblioteca do siciliano abre sua porta aos amigos Ephraim Bueno e Lodewijck van Ludick; juntos trocam idéias, pensam. Com Titus ouço e aprendo os nomes daqueles que pensaram e trabalharam e gostaram de dividir o saber: Homero, Sócrates, Platão, Aristóteles, Leonardo da Vinci. Infelizes, incompreendidos ou traídos, nomes que soam como música de mares quentes onde cantam as sereias.

Os ingleses ganham batalhas. Nenhum capitão holandês aventura-se com seu navio e sua carga no estuário do IJ. Não se contam mais na cidade os retornos ruidosos, com mercadorias coloridas e condimentadas das Índias Orientais ou da ilha de Manhattan. O porto de Amsterdã está vazio, seu comércio morreu, dorme, dizem os notáveis.

A Bolsa de Amsterdã não é mais o lugar de encontro dos comerciantes da cidade. O dinheiro não sai mais dos bancos, dos esconderijos nas paredes das casas ou de debaixo das lâminas de madeira ou da pedreira. Como se a vida tivesse parado, esperando. — Esperando o quê? Balançando a cabeça e seus longos cabelos como a juba de um leão: — Que não aconteçam mais guerras, que as asas dos moinhos não girem mais, que não brote um só bulbo de tulipa na terra de nossas Províncias Unidas, ou então, que o vizinho dê o primeiro exemplo? — Este é o medo dos notáveis. Falando inquieto, ri um pouco. Pensando nas dívidas, em Titus, em nós e no bebê que, com seus pezinhos, já pede para nascer.

Ephraim Bueno diz que sempre fuma cachimbo no quarto de um empestado. As tochas das ruas queimam os miasmas no ar, e a fumaça do tabaco sufoca a peste da casa antes que se instale nela.

Rembrandt quase não sai do seu ateliê. Os leilões são raros e o dinheiro para a sobrevivência da profissão não existe. Diz que a guerra e o poder resumem a vaidade dos homens. Ele espera a paz, entre duas guerras há sempre um período de paz.

Clément de Jonghe vem com freqüência participar de nossa refeição da noite. Bem mais baratas que as pinturas, as gravuras viajam sem complicações. Algumas vezes deixa um adiantamento (sem juros) pelas encomendas, pelas placas inacabadas, e tu, sempre agradecido pela amizade que demonstra, deixaste gravado para a eternidade o retrato do amigo. Água-forte, aquarela, sombras. Ouço, gosto de aprender.

Abri a porta, o homem entrou. Rápido, subi ao ateliê. Sem saber por que sentia medo. Vi tua cabeça, tuas olheiras fundas.
— Christophe Thijsz — repetias.
Guiei Christophe Thijsz até o ateliê. Curvando-se diante de ti, estendeu a mão.
— Mestre Rembrandt, perdoe-me se incomodo. Até hoje não tenho demonstrado pressa.
Bem junto de ti, protegida e te protegendo ao mesmo tempo, olho o homem de perto tentando entender o que ouço. A pele grossa de seu nariz é plantada de pêlos bem curtos, sua barbicha

cinza bem desenhada, bem escovada, seus lábios secos em volta dos dentes amarelados que saltam a cada palavra que escapa. É preciso regularizar a dívida da casa. Há muitos anos nada é pago de acordo com o combinado. São oito mil florins referentes à dívida, mais os juros; neste momento de comércio fraco (sem querer incomodar), Christophe Thijsz está precisando muito. Tua resposta é compreendo, compreendi bem. Christophe Thijsz agradece, vai embora confiante, compreendeste bem. O brilho dos teus olhos se extinguiu. Cruzo meus braços em volta do teu pescoço, minha cabeça em teu peito. Gelada, meu coração vai batendo mais lentamente.

Na escuridão das ruas, a palavra medo ressoa. O médico da peste caminha no medo da cidade, na mão a varinha branca da epidemia. Os que moram em casas saudáveis viram-lhe as costas correndo, os que têm um doente em casa o chamam. Vinte e dois mortos em quatro dias no Jordaan, nenhum no nosso lado na Breestraat.

Adoro aprender e escuto. A Guerra de Tróia, a República, Alexandre, o Grande. Leonardo da Vinci, que só pintou treze quadros, queria, sobretudo, compreender o interior dos corpos, o céu, a água, as máquinas. Ele abriu e cortou mais de cem cadáveres. Ephraim Bueno diz que, com certeza, ele morreu infeliz por ter trabalhado e pensado tanto, e só ter deixado para os vivos após sua morte tudo o que escreveu em grande desordem.

Rembrandt escolheu o homem que vai pintar para dom Antonio Ruffo, e que também tinha uma grande biblioteca. Aristóteles foi aluno de Platão e mestre de Alexandre, o Grande que, quando cresceu, não seguiu os ensinamentos do mestre.

Judith viu um cometa cabeludo no céu escuro. É sinal de grande mortandade ou a vinda de um profeta, é o que falam as bocas desdentadas dos velhos. Os prolongados gritos da noite calam-se de manhã. Os vivos abandonam os mortos. Porque os vivos sabem que vão morrer, mas os mortos não sabem de mais nada.

Uma mão enluvada bate na porta que dá para a Breestraat. Traz uma carta fechada por um lacre vermelho. Paciente, Christophe Thijsz esperou mais de dez anos. Sua necessidade de dinheiro é urgente. A lei dá a ele o direito aos oito mil florins e juros. Se a dívida não for paga imediatamente, a casa irá a leilão. Tua casa, tua vida. A felicidade com Saskia, os anos mais difíceis, o ateliê e, como sempre, teu trabalho. Não tens dinheiro, só dívidas. Também não acredito nisso. Com um abraço bem apertado, tento aquecer teu coração gelado.

Esta manhã mataram bois no matadouro dos açougueiros. Um a um, cabeça baixa diante da morte, eles entram no grande espaço que os espera, que recende a morte, que recende a medo. A neblina que escapa de suas ventas é um soluço. À tarde, Rembrandt, Titus, Judith e eu fomos escolher nosso cadáver. Como todos os meses de novembro. Seguindo as fibras do músculo, apalpamos a carne, pressionamos com os dedos para ver a cor do suco morno que ainda jorra; nosso nariz examina à procura dos cheiros nem fortes, nem fracos. Rembrandt não se aproxima. Ele vai de cadáver em cadáver, franze os olhos, olha-os de perto, depois de longe; com suas mãos ele os enquadra como quadros. Judith sempre escolhe o pedaço de sua preferência. Com uma faca grande e pontuda, ela cortará os pedaços do animal. Durante dois dias comeremos a carne fresca grelhada nas brasas do fogão. Os dois únicos dias do ano. Depois, os pequenos vermes brancos escaparão dos ovos já instalados no cadáver e o devorarão infectando-o, a eles mesmos e seu cheiro fétido.

Todos os outros pedaços serão depois esfregados e cobertos com sal. Colocados em dois grandes jarros de argila, permanecerão durante dois meses no pátio gelado. Após esse tempo, tira-se o sal da carne de uma das jarras e, como todos os anos, Judith vigiará o processo de defumação no fogão. Hoje, no matadouro dos açougueiros todos esses cadáveres de bois pendurados, as patas esquartejadas, queimam os túneis do meu nariz. Os cheiros de vida e de morte se misturam. É o exterior que, num instante, adoece o interior. A partir de amanhã só comerei vegetais que brotam na terra, não mais farei meu corpo recipiente de cadáveres. Todo mês de novembro digo a mesma coisa e depois esqueço.

Por muito tempo Rembrandt andou pela cidade. Não pode deixar a justiça tomar sua casa, deve pedir um empréstimo rapidamente. Tua cabeça sabia aonde deveria ir, teus pés não. Deram uma grande volta no Leidesgracht e encontraram os arejadores que protegem as casas da epidemia, esfregam as paredes, o batente das portas e das janelas com uma mistura que exala um bom perfume de ervas, enxofre, noz-moscada, cânfora e sua fórmula secreta.

Depois, teus pés deram meia-volta. Em uma taverna do porto, virando a cabeça bem para trás, Rembrandt bebeu de uma só vez um jarro de cerveja. Com a cabeça pesada e a barriga cheia de bolhas seguiu o Kloveniersburwal até a bonita casa de Jan Six. Segurando firme a aldraba dourada, bateu duas vezes sem pensar (batidas secas, tímidas?). O criado abre a porta; sua roupa brilhava com sua longa carreira de botões dourados. Olha para baixo, para tua roupa vermelha. Em casa de Jan Six só se olha com altivez os que se vestem de veludo preto, com seus colarinhos plissados.

Uma cegonha pousou num telhado da Breestraat, no último degrau do frontão. Talvez tenha hesitado antes de decidir voar até esta casa. Queria construir um ninho, ver crescer sua família.

Foi neste exato momento que resolveu pousar, balançando-se e batendo as asas até reencontrar seu equilíbrio.

De braços abertos, sorriso amigável, Jan Six te leva aos grandes cômodos de sua enorme casa. Com ele, admiras sua coleção de porcelana da China. Inquieto, fisionomia pesada, de repente pergunta se os compradores de tua pintura têm te procurado depois do processo. Cala-se. Tendo deixado teu ateliê com o dia claro, tua visita não foi um acaso em teu caminho. Ele sabe que o dinheiro está escasso, é daqueles que aguardam antes de sair do esconderijo. Sabe das dificuldades. Escuta, sem te interromper, atentamente.

— Não é uma quantia pequena —, diz ele. Após um longo silêncio, como se estivesse pensando. — Não prometo nada, meu amigo. Neste momento, não tenho essa disponibilidade, mas penso em algumas pessoas, talvez...

Agradeces calorosamente, mesmo sabendo que o notável Jan Six não está sendo sincero. Após ter abandonado o meio artístico e sabendo que não precisam dele nos negócios da família e da cidade, compartilha as dificuldades do artista que ainda admira, o que lhe dá alguma segurança, talvez mesmo um certo prazer.

Sem descansar um instante entre as alamedas e seus meandros, a cegonha carregava no bico os gravetos, as folhas secas, o limo amarelado, a poeira da turfa que as chaminés cospem nos telhados. A cegonha constrói seu ninho.

Uma ventania arrastava em torvelinho as folhas secas arrancadas das árvores. Desde o meio-dia, Rembrandt olhava o vento através do vitral e falava baixinho, não sairei esta noite, não irei a esse jantar de congratulações. Que se preservará. Calo-me. Encontrar toda essa gente lhe desagradava. Não era um desses artistas que passam mais tempo curvados nos salões do que diante de seus cavaletes, com dor nas costas. Calo-me. Calando-me, a noite escureceu os vitrais. Titus jantava na cozinha com Judith. Procurei por Rembrandt e encontrei-o no ateliê, em frente ao seu cavalete.

Aristóteles estudou, admirava Homero, o poeta. Ofertou seus conhecimentos a seus alunos. Aristóteles olha para o busto em gesso que Rembrandt comprou em um leilão. Com sua barba e seu chapéu, ele se parece com Homero. Rembrandt decidiu, é um busto de Homero. A tristeza apagou o brilho dos olhos de Aristóteles que o contempla. Com largas pinceladas sem tinta surge um olhar cansado, que viu e acreditou, julgou os homens e os imperadores e ainda tem esperança. A voz de Homero percorre o tempo e a morte até Aristóteles. Quem entender que lhe dê a resposta.

Aproximo-me das costas de Rembrandt. É impossível uma festa em homenagem a São Lucas, padroeiro dos pintores, sem Rembrandt van Rijn, o maior pintor de Amsterdã. Ele coloca suas mãos na minha.

Diz baixinho:

— Obrigado por tua consideração, não é isso mais que dizem, se já não me esqueceram.

— Os melhores sabem. — Com a mão espalmada na lua cheia do meu ventre digo ainda (sei que ele não resistirá): — E nosso bebê saberá também. Vai, já estás atrasado.

Mais uma vez a cegonha hesitou ao levantar vôo. Com a cabeça inclinada, ela olhava o ninho, observando-o. Como um caranguejo, uma pata sobre a outra, rodeava-o. Ela achava que tinha feito um bom trabalho. Equilibrando-se, batendo as asas, se instala. Muito tempo depois, ergue-se, dá uma volta em torno de si mesma, muito tempo antes de seu lar ideal ser construído.

Duas horas mais tarde Rembrandt chega, cansado da festa, do inverno que se aproxima, da vida. Não foi à taverna, veio direto para a Breestraat, para o calor de sua casa, do ateliê, da respiração de Titus adormecido e para mim. Para nossa solidão e o copo de genebra que lhe ofereço em frente às chamas da lareira.

Caminhaste no frio até St. Joris Doelen, até a grande sala de reunião dos arqueiros. Empurraste a pesada porta. Em volta da imensa mesa iluminada pela luz hesitante de centenas de velas, instalara-se a digna assembléia. Procuravam-se uns aos outros e se cumprimentavam, observavam-se através dos filetes amarelados que brilhavam. Sem despregar os olhos da vítima distante inclinam-se para o vizinho de mesa, deixando escorregar em seu ouvido as palavras que ferem e que, algumas vezes, envenenam. Na cadeira de honra, com seu sorriso balofo, Joan Huydecoper, o Grande Regente da cidade, toma nota de todos que estão presentes. Ele sabe que os artistas perseguem a glória, douram-na para torná-la eterna. Maerten Kretzer, Bartholomeus van der Helst, sempre tomando nota dos nomes, Nicolaes de Helt Stockade, mas logo se cansa. Govaert Flinck, Emmanuel de Witte, Philips Koninck, Jurriaen Ovens, todos querem estar na lista das próximas comissões da cidade. Todos pensam na decoração do novo prédio do Stadhuis. Só um será eleito: o mais talentoso terá o mérito de glorificar o Grande Regente.

Só Rembrandt não faz parte da mesa. Ninguém disse uma palavra. Sua ausência não foi percebida? Sua presença também não, lá no fundo, na penumbra perto da porta, como alguém que assistisse a um jantar após seu enterro. Meu amor, cala-te, não digas essas coisas. O riso estrangula-se em tua garganta. Sacodes a cabeça: Certamente seriam menos numerosos que esta noite na festa para celebrar São Lucas, para me dizerem adeus antes de colocarem a lápide em meu túmulo. Derramo a genebra em teu copo.

Um pouco mais distante, no meio da comprida mesa, Govaert Flinck aplaude Joost van den Vondel, o convidado de honra, sentado à sua frente. O poeta, a glória da Holanda, o grande Vondel. Ereto em uma cadeira alta como um trono, com sua coroa de louros, ele ouve a voz do poeta.

Rembrandt, quieto, não sabe ainda se participará dessa ceia com a assembléia, mais luxuosa que a do Senhor. Lembra-se dos versos de Vondel ridicularizando o retrato do pastor Cornelius Anslo, condenando sua pintura; segundo ele, não transmitia a força das palavras do pastor. Quatro versos, o único encontro de Rembrandt com Vondel.

Todos aqui se lembrarão dos outros, eleitos como eles, nessa grande noite. Com o cotovelo levantado avaliam o tanino do sangue na transparência de seus grandes copos. Faça isso, em Minha memória. Barulhentos, riem e bebem.

Neste momento, a cegonha pôs seus ovos em seu ninho preparado para recebê-los.

Atrás da porta, na penumbra, Rembrandt escutava. Govaert Finck está com a palavra. Levanta-se, exibe para cada um seu sorriso bem-aventurado. Lembra a todos que na presença de Vondel, a fênix de nossa terra, a nova confraria dos pintores está reunida para que nesta noite se realize a eleição. Foi Joost van den Vondel quem deu para a poesia o espírito de uma Academia. Os velhos e os novos poemas serão julgados por aqueles que os conhecem; de agora em diante, na busca pela beleza, serão evitados excessos, sempre presentes, a não ser em caso de uma nobre inspiração. Govaert Flinck fala alto, deseja para a pintura de seu país uma Academia como a dos poetas. A beleza da arte, enfim, será reconhecida por aqueles que a conhecem. Aplausos.

Mais uma vez Vondel. Silêncio absoluto. Lembra que a pintura e a escultura não são criadas sem medidas e números. A geometria, que elas não podem dispensar, as aproxima do divino; Deus não ordenou todas as coisas com medidas, pesos e números? Rembrandt saiu. Como tinha entrado. Ninguém o viu sair nem entrar. Não é aí seu lugar. Com certeza e para sempre. Esses fazedores de arte, essas pessoas de números e pesos, que trocam amabilidades, comercializando a imitação da arte, esqueceram Rembrandt van Rijn e sua obra. Nem sequer notaram sua ausência. Não abandonarás o teu ateliê, tua solidão iluminada, Titus, eu e o bebê que está chegando. Alguns amigos, alguns alunos. Só, sempre mais distante, mais impenetrável. Buscando almas e sombras com os pêlos de teu pincel.

Deitada em minha cama com os olhos abertos na noite, atravesso o teto e os andares para ver a cegonha chocar seus ovos na escuridão. Na parte mais alta de nosso teto, o corpo reto como uma flecha que aponta para o céu. Uma cegonha no telhado é um sinal, um bom sinal.

Os pastores vão ao estábulo visitar Maria e seu bebê. De braços abertos, as mãos espalmadas, José os acolhe. Um trapo enxuga a tinta nos sulcos. A lei interdita a entrada no templo a uma jovem mãe antes dos quarenta dias de purificação, depois do nascimento do bebê. A circuncisão foi, então, feita no estábulo. José segura o bebê em seu joelho, Maria cruza os dedos, rezando. A prensa range. Clément de Jonghe chega e vai embora. Chega com o dinheiro, sai com as gravuras.

Jan Six apareceu na Breestraat com o comerciante Hertsbeeck e, dois dias mais tarde, com o conselheiro Cornelis Witsen. Faço perguntas, mas Rembrandt quer me poupar do lado desagradável da vida, que ele chama de detalhes. Meu pobre amor, eu é que devo aliviar teus sofrimentos, de tudo que interfere em teu trabalho, o mais importante.

É a sua decisão, só saberei o que não escondes. Os contratos foram assinados na presença do tabelião. O negociante pediu juros, o conselheiro aceita sem juros, preferindo o reembolso. Certo de que será o primeiro a receber o dinheiro ele paga os 180 florins por cada processo, e quer o reembolso. Por estar certo também que, com pinturas e gravuras, saberás ser-lhe grato. Diante dos dois homens que emprestavam cada um quatro mil florins, na tua frente a quem chama de amigo, o mecenas Jan Six entraria com mil florins. Com juros e sob caução. Fizeste bem em assinar, são inúmeras as dívidas, o dinheiro difícil; mas a amizade não é confiável. Não no que se refere a Lodewijck van Ludick; por amizade e amor ao seu trabalho assinou sem criar problemas. Pagarás a dívida a Christophe Thijsz e preservarás tua casa. Mais tarde, quando o perigo imediato estiver afastado, e fingirmos esquecê-lo, te direi o que os pastores e Christophe Thijsz não sabem: uma casa com uma cegonha no teto vale duas vezes seu preço.

Vestido de seda dourada. Aristóteles é um príncipe entre os homens. À sua volta brilha uma luz vinda não se sabe de onde. Ela está nele, é a expressão de seu rosto que ilumina a pintura. É seu amor, sua compaixão pela humanidade, até pelos seus defeitos. Massageio tuas costas, olho o quadro no cavalete, e agora eu sei: é a tua luz interior que ressuscita essa extraordinária vida.

A peste matou cinqüenta e seis pessoas em Amsterdã na última semana, das quais trinta e nove no Jordaan. Com a umidade dos canais os miasmas circulam no ar, à altura das bocas. Digo a Judith para não sair quando estiver chovendo ou nublado, é melhor esperar o sol para vir à Breestraat. Ela se espetou com uma avelã; com paciência e um alfinete conseguiu retirar o espinho, encheu o buraquinho com mercúrio que Ephraim Bueno comprou no boticário Abraham Francen. Ela retribuiu com cola de pele. Para que o azougue afaste a peste, traz no pescoço noite e dia a avelã. Todas as manhãs, Judith e seu marido lavam a boca, o nariz e as extremidades com oxicrato[16] misturado com água-de-rosas. Com uma esponja molhada no vinagre para não inalar os miasmas, ela pode atravessar a cidade.

Rembrandt presenteou Jan Six com um desenho. Diante de um público atento, Homero recita seus versos, conta os amores de Helena e a Guerra de Tróia. Jan Six recusa, hesita, sabe que Rembrandt está agradecendo sua ajuda, os dois credores e seus mil florins. Mas ele não pode aceitar, pois entre amigos uma ajuda dispensa agradecimentos. Não, ao aceitar o desenho, fica confirmada a boa relação entre ambos e será também um presente de casamento. Jan Six vai se casar com Margareta Tulp nos primeiros dias da primavera, um bom acordo; bom também para seu futuro sogro, o rico e poderoso doutor Tulp, o novo regente da cidade.

Geertruid não é má. Ela ri com seu coração o dia todo. Rembrandt pensa que Jan Six, que prefere a companhia dos homens e dos livros à das mulheres, é a melhor escolha para uma noiva abandonada.[17] Não gostando das mulheres (para olhar ou às escondidas), então fiel, mais sensível às honrarias que aos jantares barulhentos ou ao bom vinho, atualmente sua ambição é ser poeta e, dentro de alguns anos, regente da cidade. Quanto ao doutor Tulp, afinal casa sua filha com um genro que está sempre

---

[16]O oxicrato é uma mistura de vinagre e água.
[17]Pouco tempo antes da data prevista de seu casamento, Margareta Tulp foi "abandonada" por Johan De Witt, grande chefe do Poder Executivo da província da Holanda (foi assassinado em 1672).

pronto a fazer reverências, belas frases e tem fortuna pessoal (embora a de Tulp valha dez vezes mais).

Geertruid ria ainda mais do doutor Tulp, que vai visitar seus doentes endinheirados em sua carruagem dourada, e agora que é regente, quer proibir (porque é pecado) os banquetes faustosos e os presentes de casamento caros. Ela ria também de sua filha, que só pode ser olhada por aqueles que acham que os bens materiais embelezam. Marghareta Tulp e seu queixo que ondula, seus olhos que giram como bolas fora das órbitas e que... Com um pano de cozinha calei, muitas vezes, a vilã e sua tagarelice. Geertruid fugia rindo.

Eles nascem nas cerejas pretas que grudam na pele, eles fervilham nos corpos que morrem de dor, de sede e de gritos, nas casas, na rua, nos canais, por toda parte respira-se a podridão. Durante todo esse tempo de vida e de morte, nas trevas da madeira, milhares de pequenos vermes cavam seus túneis.

O verniz estala, o bebê agasalhado no xale de sua mãe, Maria e José fogem do Egito. Atravessam um vau. José segura as rédeas do jumento, com a outra mão verifica a profundidade da água com seu bastão. Os utensílios de cozinha de cobre se entrechocam; esta noite os viajantes cansados estão resignados.

Carel Fabritius, irmão de Barent, foi teu aluno preferido durante a doença de Saskia e algum tempo após sua morte. Quando falas dele, falas de um amigo, não de um aluno. Estava sempre aqui, bem perto, triste e atencioso depois da morte de Saskia. Agora está pintando em Delft e ensina a mais de cinco alunos em seu ateliê. Quando vem a Amsterdã, bate em nossa porta. Sempre fiel, sua amizade é prazerosa.

De sua caixa ele retirou uma pequena tábua e a olhou contra a luz. Confiante, os olhos de Carel são indagadores. Devagar, penetras na pintura, suavemente, sorrindo:

— Ele está bem vivo. Jamais deixará de chilrear.

Quando era uma garota acompanhava meus irmãos pelo campo, tinha também meu estilingue, conheço os pássaros e disse baixinho (como se minha voz fosse fugir):

— É um pintassilgo em sua manjedoura.

— É um pintassilgo, canta bem. E esse muro amarelo... Você me faz bem, Fabritius, preciso ver uma boa pintura. Não há muitas em Amsterdã, não é o que querem os comerciantes mais afeitos à moda. Talvez em Delft... (Triste, ele ri.) Mostre-me outros quadros tão belos quanto este.

Por muito tempo olhou a longa silhueta de Carel Fabritius que diminuía ao longo da Breestraat. Penso nele nesta noite. Sempre. Neste momento, ele não está mais aqui para teu prazer, mas esta noite, com teu olhar iluminado pela luz do pintassilgo, não sabias.

O sacrifício de Betsabé estará além dela e sim naquele a quem dará à luz. Digna, a criada judia a purifica. Tu a encontraste em Houtgracht, diante da sinagoga. Inclinada sobre meus pés ela não sorri, é a idade, suas costas. Eu também sem poder me mexer, na pose, com meu ventre pesado, faz doer meu ombro esquerdo. Viste em minha mão a carta do rei Davi, palavras escritas num papel branco, e acreditas no acaso.

A carta chegou esta manhã, entregue na porta por uma mão com luva preta, um pouco antes de nossa pausa, fechada por um sinete de lacre vermelho. Rompi-o, as letras embaralhavam-se sob meus olhos. A velha judia portuguesa estica bem seu pescoço para trás; dentes cerrados, abre os lábios de dor. Está na hora de ela descansar suas costas, está também na hora em que devo dividir meu medo contigo.

— Rembrandt, esta carta foi entregue há três horas. Preparavas as tintas em tua paleta. Há três horas, meu coração bate forte no meu peito e estou cansada. Ainda preocupações com a casa? Leia, por favor.

Como se fosse a mensageira da peste, seguras a carta com a ponta dos dedos. Sempre os ameaçadores sinetes de lacre vermelho. Teus olhos percorrem as linhas.

Dize-me, lê-a para mim.

— O consistório. (Teu riso é um suspiro.) Estamos convocados para uma discreta exortação cristã.

Pronunciando com firmeza as palavras, já sinto teus braços me envolverem.

— Nada a temer, não te preocupes. A Igreja não é Deus. Não erramos, mesmo em relação à Igreja, e sobretudo perante Deus. Não com tua bondade.

Tua voz me contorna. Creio em ti, Jesus Cristo é amor, fecho os olhos. É a Sua caridade, não porque nós amamos Deus, mas porque Ele nos ama e enviou Seu filho.

Jan Six vai se casar dentro de três semanas. Bateu na nossa porta, foi direto para teu ateliê, sem esperar. Rembrandt pintaria seu retrato? Seria um presente para sua noiva antes da cerimônia. Rembrandt teria tempo?

Sim, para um amigo, terás. Já visualizas o quadro, rapidamente pintado, com uma pasta de óleo de cravo e essência de áspide como secante. Traços rápidos, teu saber e tua amizade: conheces bem o homem que vai ser retratado, seu verdadeiro eu, é a ele que darás vida. Jan Six escuta tuas palavras com prazer. Amanhã virá posar.

Titus come cerejas pretas, bem grandes e suculentas. Rembrandt quer que eu guarde só para mim meus medos do campo.

Eu os contenho, bem lá no fundo, onde permanecem. Como os vermes, eles se transformam. É, talvez, com o medo que a epidemia começa.

Bato na porta do ateliê. Levo maçapão de amêndoas, crepes na manteiga derretida e melaço. Jan Six veste um gibão vermelho com uma fileira de botões, já no tecido as tuas pinceladas. Sem me olhar, agradece, recusando educadamente. Não quer comer, nem beber; está com pressa, vai se encontrar com o regente Tulp que o aguarda. Do alto de seu físico ereto, olha para Rembrandt sentado, ao lado de seu cavalete. Calça uma luva, uma só, é a moda para as pessoas de sua classe social. Será este o retrato rapidamente pintado de um homem prestes a sair do ateliê, um homem elegante e apressado, que quer deixar logo o amigo.

Um outro mensageiro traz uma nova carta. Quebras o sinete vermelho da nova convocação. Com certeza, verificaram que teu nome não está na lista dos fiéis da Igreja. Assim, só eu fui convocada. Para que os pecados que desonrem sejam perdoados. Aquele que invocar o nome do Eterno será salvo, as palavras surgem em minha cabeça. Quem condenará os eleitos de Deus? Meus lábios se movem cada vez mais rápido. Dou Minha vida ao Meu rebanho. Conheço essas palavras.

Chegando bem perto de mim, depositas um beijo em meu ventre lua:

— Ignorantes, severos e estúpidos, são todos iguais, não sabem pensar.

Rasgando a convocação:
— Não irás.

Embaixo da Cruz, José recebe o corpo em suas mãos. Envolto em uma mortalha limpa, ele o depositará no túmulo. Com teu estilete que arranha e estala o verniz, prenúncio de lágrimas, o fim do mundo, e o cadáver supliciado ainda não está rígido. Em meio a lamentações, uma mão branca se levanta. Clément de Jonghe trouxe as primeiras provas ainda úmidas.

Preciso pagar o leiteiro. Pergunto quando Jan Six vai pagar o retrato. Acreditas que o quadro reembolse em parte o que ele te emprestou. Não deste teu preço, quinhentos florins por um retrato, o mesmo desde os anos menos difíceis. Jan Six é um homem educado. Não se fala em florins com um amigo que vai se casar, um amigo educado; sim, eu entendo.

Naquela noite, após o jantar, fui sozinha ao ateliê; com uma inquietação que não reconheço, bem lá no fundo, mais longe do bebê que se mexe. A luz da vela tremia e, em volta dela, toda a sala, o quadro no cavalete tremia. Jan Six calça a luva. Maior que ti sentado, seu olhar desce até aquele que o observa. Seguro de si; sob as pálpebras cansadas, os olhos opacos não são amigáveis. Uma indiferença em cada lado de seus lábios confessa a mentira possível. Jan Six treme atrás da chama da vela. Conheces bem o homem do retrato, seu eu, é este que queres mostrar. Por detrás da traição, viste sua tristeza. É o retrato de uma despedida. Acho que com uma mão enluvada, não é da casa dele que ele sai, mas de tua vida. Talvez mesmo da sua própria.

Ao cair da tarde, Barent Fabritius veio até a Breestraat. Por um bom tempo, andou para lá e para cá, na frente da casa. Por muito tempo ele andou, com o coração pesado a cada passo. Há dois dias a fábrica de pólvora em Delft explodiu. Com o céu em chamas, mais de um terço da cidade sucumbiu na fumaça e nas cinzas, os corpos despedaçados, arrastados. Daqui a alguns meses, Carel Fabritius teria a idade de Cristo. Com seu riso e seu talento ele pintou um pintassilgo, vivo, que jamais irá parar de chilrear. Todos os que passaram esta noite pela Breestraat viram a luz das velas brilhando atrás dos vitrais até de manhã.

A primeira prova de teu desenho da descida ao túmulo foi feita numa folha de papel bem lisa. A jornada foi longa, a Virgem adormeceu esgotada pelo sofrimento. O estilete arranhou o cobre. Pouco a pouco, os traços cruzados encobriram o túmulo cavado na rocha. A única e última luz emanava de Cristo.

Empurrei os lençóis que cobriam meu ventre; com seus pezinhos, meu bebê ondulava embaixo de minha pele. Seguro com a mão direita a terceira convocação do consistório. Percebi tua hesitação quando a leste, que não me dizias tudo, é verdade, um detalhe era desagradável. Então, a frase com todas as letras:

— ...Hendrickje Stoffels que vive como puta na casa do pintor Rembrandt... — Como puta, minha Igreja! Uma puta.

Uma nuvem negra cobre o sol. Ela é tão suave, minha vida perto de ti. Vivo para teu bem, teu trabalho, para o dom que Deus te confiou. É tão pura esta vida em mim, feita por ti e por mim e que Deus assim quis. Ele nos elegeu antes da criação do mundo, para que fôssemos santos. Conheço a lei de Deus. Agora conhecerei a lei da Igreja que é a dos homens. Enxugas as lágrimas do meu rosto, contornando-o enxugas minhas lágrimas. Em teus braços abrigo-me na sombra de tua luz.

Rasgas a terceira convocação. É por meio de minha pessoa que a lei dos homens quer te atingir, é o que dizes. A mim, ovelha de nosso Senhor, a mim, que todos os dias procuro e quero fazer o bem, minha Igreja me chama de puta. Eu havia esquecido a palavra. Casados, a vida seria, então, a mesma e diferente. Por um único homem o pecado entrou no mundo e pelo pecado a morte. E assim, a morte se estendeu a todos os homens, porque todos pecaram.

Jan Six não me cumprimentou, a mim e a minha barriga. Veio apanhar seu retrato, cuja pintura está bem seca e livre da poeira. Disse a Rembrandt que não convidou ninguém para a cerimônia de seu casamento. O regente Tulp fará os convites. Com tantos regentes e tantos notáveis, esse casamento será um tédio.

Eu e Titus bebíamos leite quente na cozinha. Esta manhã, bem cedo, bateram na porta, bem forte, pancadas rápidas e sucessivas. Titus coloca sua tigela na mesa. Seus olhos surpresos se arregalam; sem o bigode de espuma branca pareceria amedrontado. Rembrandt está trabalhando, não deve ser incomodado; depressa abro a porta. Já sei, é a minha humilhação. Abaixo a cabeça, tornei-me a puta de Rembrandt, é uma mentira que cresce a cada passo, a puta, pobre de mim.

Na porta, com seus chapéus pretos, três irmãos do bairro apertam seus lábios cinzentos, expostos a uma ventania. Seus olhos impiedosos deslizam até meu ventre; erguendo-os, lentamente, encontram os meus. Corvos negros, os irmãos me vêem recuar, prisioneira de suas sombras. Resignada, mantendo um espaço entre nós, convido-os a entrar.

O primeiro a falar tem um nariz afilado e curvo como o bico de um pássaro.

— Tendes medo que a vizinhança veja os Irmãos da Igreja à vossa porta? Nunca entramos na casa do pecado. Vossa falta aí está (mais uma vez seus olhos fixam a vida em meu ventre), o Senhor, publicamente, revela teu sacrilégio. O pastor sabe de vossa indignidade e a Igreja ordena uma investigação.

Um outro irmão resmunga mais do que reza:

— O Senhor não permite que os pecadores sejam tentados acima de suas forças. Com a tentação, Ele lhes dá a possibilidade de superá-la. E pelo Espírito Santo, Ele os recupera...

O terceiro abre o bico.

— Hendrickje Stoffels, a Igreja vos chama de puta. Não comparecestes ao concílio. Recusastes ouvir vossa sentença, sois rebelde. Temeis muito vosso castigo?

Balanço a cabeça, inspiro. Quebrando e rolando, todas as ondas já passaram sobre mim. Assim como julgares, serás julgado.

A voz do primeiro irmão era suave, bem suave:

— Pela última vez, Hendrickje Stoffels, estais convocada para o consistório. Se recusardes comparecer esta vez, vossa sentença será dada em vossa ausência e conhecida de todos. Assim querem a Igreja e a cidade.

Creio que foi neste momento, com seu pesado passo, que Rembrandt desceu a escada. (Titus fora chamá-lo.) Com os lábios fechados sobre minha condenação, os três irmãos recuaram. Sem se despedir (não se cumprimenta uma puta), viraram-me as costas. Antes de fechar a porta, eu os vi se distanciar e desaparecer na névoa.

Se a sentença for dada, se eu for acusada pela Igreja de ser a puta de Rembrandt, tu também, meu pobre amor, serás apontado na rua. Se os compradores não vierem mais à casa do pintor que vive com sua puta, nunca pagarás as dívidas. Irei, ouvirei a sentença do consistório. Acredito na misericórdia de Deus, acredito na indulgência dos homens e na bondade da Igreja.

Sob a cúpula gelada, meus pés avançam. Cada passo ressoa no eco do precedente. Sobretudo, não pisar nas juntas dos ladrilhos. Lá no fundo, onde os sons não ecoam mais, os rostos emoldurados pelo alto encosto de suas cadeiras, meus doze juízes, vestidos de preto, me vêem avançar em sua direção e, à minha frente, nosso bebê arredondado. Eles também crescem diante de mim à medida que me aproximo, assemelham-se aos meus pesadelos, os dedos de madeira seca, bem circunspectos em suas mesas de couro, olhos opacos, lábios secos, a carne explodindo de tão vermelha, que me julgam e que um dia apodrecerão. O mais velho, que não tem mais dentes e quase sem lábios, fala em nome da Igreja:

— Reconheceis viver com o pintor Rembrandt van Rijn como uma puta?

Abaixo a cabeça, não por sentir vergonha. Mas para não vê-los nem ouvi-los. Quem sois vós para julgar o próximo? Vossa riqueza é podre, vossas roupas roídas pelos vermes.

Era um pesadelo, o mesmo duas noites seguidas. Vozes sopravam nos meus ouvidos, confesse. Suaves e secas, em todos os tons. Confesse. A cabeça e os pulsos presos ao pelourinho, a camisola chicoteada e riscada de cruzes de meu sangue, sem confessar, balanço a cabeça (tanto quanto o pelourinho permitia). Pontiagudas, as facas brilham diante do caldeirão onde as brasas avermelham o ferro. A tortura em tempo de paz se assemelha à da guerra. A primeira dor será um golpe de faca na face esquerda. Depois, a marca do ferro no ombro esquerdo. Sentados à grande mesa, entre os doze membros do consistório, o regente Tulp e Jan Six suportavam, fazendo caretas, o encarquilhar e o cheiro da pele queimada.

O tempo corre no meu sonho, não negarei, sem um som minha boca berra a tortura. Uma pinça belisca meu lábio, um ferro queima minha língua. Depois, com um machado, um depois do outro, em cima da madeira do pelourinho, o carrasco corta meus punhos; o sangue jorra de meus braços sem mãos, mas não é aí que dói, ainda não. Jan Six chorava. Ninguém nesta assembléia rigorosa percebia como eu os ruídos produzidos pelo seu fungar. O regente Tulp me acusava, por detrás de seus olhos em chama se queimava de vontade de ouvir minha confissão.

Sem dentes, sem lábios, a face aspirada por seu sopro, que logo será o último, o Ancião pronuncia as palavras (a morte próxima não torna os homens melhores):

— Viveis com ele fora das leis de nossa Igreja. Sereis perdoada abandonando-o e retornando à casa de vossa mãe, lá onde vosso bebê deverá nascer.

— Não posso, preciso dele e ele de mim.

— Sois rebelde para com a lei de nossa Igreja. Ofendestes seriamente a Deus. Mortificastes o Santo Espírito, Hendrickje Stoffels. A Igreja e a cidade não poderiam permitir.

Mesmo no meu sonho eu já sabia das torturas que praticavam em nossas Províncias Unidas. Após a exposição pública, serei afogada no tonel ou enterrada viva. Primeiro, meus olhos serão furados. Não verei mais meus carrascos. Não era comigo que o regente Tulp falava com seus olhos sem brilho. Era Rembrandt que ele via, através de minha pessoa era ele a quem acusava. Não queria mais que um membro de sua família freqüentasse a casa de Rembrandt van Rijn. Afastaria do Stadhuis os que ainda não sabem da existência de um artista que prefere o feio ao belo; de um pintor que não pinta de acordo com o gosto dos compradores, de um homem estranho e muito independente. Utilizando-se dos meios que o poder confere. Tanto medo e tanto ódio me acordaram. Não sei se um sonho pode vir a acontecer. Os sonhos não são crendices do campo, mas não esquecerei as acusações do doutor Tulp, aquele que quis e fez. Aquele que me condenou.

O mais velho (que a morte próxima não tornou melhor) abre a boca desdentada:

— De agora em diante, sois indigna de cear à mesa do Senhor, seria profanar o sacramento vossa presença entre nós.

Deus, salve-me, afundo num lamaçal sem fim, nada pode impedir. O ar já não é tão puro, o que vejo menos transparente.

Quem sois vós para julgar o próximo? A carne dos doze homens de preto já apodreceu na podridão.

Meus dedos se procuram e se cruzam. Após ter abençoado, Ele partiu o pão e disse: "Tomai e comei, este é Meu corpo." Como os acrobatas, os prestidigitadores e os banqueiros, fui expulsa da Igreja à qual pertenço desde que nasci. Indigna de cear à mesa do Senhor. Que cada um examine a si mesmo, e assim, coma desse pão e beba desse vinho. Bebei, todos, porque este é Meu sangue. Ele perdoava, mesmo o pecado das putas. Até Judas, o traidor, que ainda não O havia beijado, Judas comeu à sua mesa, na Páscoa, com Ele. Banida pelo regente Tulp, não comerei mais desse pão. Em respeito a Ele, indigna, na taça da Igreja não beberei mais Seu sangue.

— Eis o homem, diz Pilatos.

O ácido ataca o cobre que furastes, o Cristo é apresentado à multidão que berra:

— Que seja crucificado! Que seja crucificado!...

Jesus, com as mãos amarradas, os olhos sem brilho, olha o horizonte. Sacrificado. O pesado cilindro da impressora esmaga o papel molhado no cobre com a tinta. Olho a primeira prova, vejo tua compaixão pelos ignorantes. Vejo tua decepção e tua dor.

Minhas preces serão sempre as mesmas. É a lei dos homens que me condena, não a de Deus. Agora, os homens de preto falam entre si. A Igreja e a cidade não poderiam permitir. Sob suas sombras que me devoram, não respiro. Deus, salve-me, a água chega à minha garganta, passo a mão em meu rosto para esmagar as pérolas de suor. Afundo na água e a corrente me leva. Para não mais pensar, dobro-me em duas sobre o coração de meu filho. Antes da febre e dos pesadelos.

Andei ao longo dos canais que já conheço, sem os reconhecer. O que ouvi não foi dito, não compreendi nada. Em pequenos grupos a multidão juntou-se a mim; cantava, dançava, os braços levantados para o céu, risos cruzados, uma farândola em torno de mim. A guerra acabou, a Holanda e a Inglaterra assinaram o Tratado de Westminster, o carrilhão da Westerkerk badala a nova paz. Os dez chifres e a fera odiarão a prostituída do Apocalipse; eles comerão suas carnes e a queimarão no fogo. Em meus ouvidos, alguns insetos zumbem, puta, puta, a mesma palavra sempre que a farândola recomeça o coro nas pedras da cidade.

Durante minha febre, não vi a cegonha levantar vôo. Ela não está mais em nosso teto. Nem ela nem seus filhotes.

Momento da consagração, Ele partiu o pão e o distribuiu. Então, Seus olhos se abriram e eles O reconheceram; depois, Ele se torna invisível. O que teu cinzel torna visível é o invisível, o olhar de Cristo e Sua glória.

Uylenburgh mudou-se. Não é ainda a falência que aponta o dedo, mas seus olhos expressam o medo. Desde o vestíbulo olha para minha barriga, sorri, comovido. Com o braço de Rembrandt em meus ombros, apóio-me em seu peito, descanso as costas que carregam uma pesada carga.

— A guerra acabou, mas os notáveis continuam com o hábito de guardar o dinheiro. O comércio ainda não retomou seu ritmo. Esta condenação é desastrosa, inúmeros compradores não virão mais a esta casa...

Rembrandt levanta a cabeça:

— O que nos poupará da presença dos imbecis; graças a eles terei mais tempo.

— Jan Six apareceu? — pergunta Uylenburgh.

Rembrandt olha para mim. É um detalhe desagradável. Jan Six não retornou à Breestraat desde minha exclusão da mesa do Senhor; desde o dia em que levou seu quadro, já seco, presente para a noiva que, talvez, não tenha gostado. Pelo menos, não agradeceu. Não é surpresa, a fidelidade entre amigos tem limite, sobretudo para o genro do regente Tulp. Apenas uma decepção.

Uylenburgh compreende a posição de Jan Six: o regente, o famoso doutor Tulp (que já não freqüentava pessoas de baixa condição), não permite que seus próximos (principalmente o marido da filha) freqüentem pessoas de má reputação. Até com Uylenburgh, desde que seu comércio de arte se vê ameaçado de falência, ele cortou o relacionamento. Um falido é um abandonado de Deus, falência é pecado.

Ninguém sabe, nem tu, meu amor, essa má reputação que pesa sobre mim, sobretudo em ti, é a vontade do regente Tulp prevalecendo como sempre. Não tenho provas, não vou ficar falando por aí. Quem acreditaria nessa indignidade? Nicolaes Tulp roubou seu nome da tulipa. Quando eu tinha dez anos, dois bulbos de *Semper augustus* valiam tanto quanto a casa da Breestraat. Depois as autoridades criaram essa Bolsa louca e decidiram: os preços caíram, divididos por dez. O luto da tulipa precipitou falências e nas paredes foi afixado o selo da justiça com o nome dos falidos. A tulipa não é uma flor inocente, contém um veneno mortal.

— Além do mais — diz Uylenburgh —, sabia que Jan Six encomendou um retrato de sua mulher a Govaert Flinck?

Arrasado, vejo que te dobras. Tuas costas se curvam, abaixas a cabeça. Um pouco, mas eu vejo. Preferes a solidão àqueles que, há muito tempo, vendem sua alma ao comércio e à glória. Mas essas pequenas traições ainda te ferem, meu amor, pesam em tua cabeça. Então respondi que Flinck tentará embelezar Marghareta Tulp, mas mesmo aureolando-a com flores e folhagens, não disfarçará as ondas de seu queixo e seus olhos que rolam como bolas fora das órbitas.

Tuas últimas pinceladas acariciam Betsabé. Ternas, me excitam, mas minha memória repete, puta. Queres ver o castigo revelado em meu rosto. Com a carta do rei Davi em minhas mãos, o sacrifício se realiza.

Os colecionadores querem gravuras. Clément de Jonghe e seu refrão, é seu comércio, seu dinheiro. Diz também que Jesus, todo amor vende bem. Crucificado na terceira hora, agoniza na sexta e expira na nona. Nove, o último número, o fim e a ressurreição. Diz que nessa época de guerra e de peste, a moral tornou-se rara. No entanto, o ser humano precisa dela. Quando não se esquece de que a traz escondida, ele gosta de reencontrar sua bondade, como em um espelho, em tuas gravuras.

Aparece uma dor de cada lado, bem embaixo, nas costas. Abraçada a ti, que não está dormindo, solto um gemido. A onda se acalma, depois volta, várias vezes. Nove, o fim e o recomeço. De repente, percebo que o bebê começa a seguir o túnel em meu corpo, o caminho até nós, sua liberdade e a minha.

Rembrandt empurrou os lençóis. Com sua voz grossa e grandes passadas, acordou a casa inteira. Correndo, Geertruid foi à Zwanenburgstraat buscar a parteira, uma bela mulher com buracos entre os dentes. Mas seu sorriso é doce em seus lábios entreabertos.

Deitada na espreguiçadeira no meio do quarto, abro as coxas e as pernas. A parteira coloca no chão a garrafinha que traz pendurada ao pescoço por um cordãozinho de couro, derrama um fio de óleo nas mãos. Esfrega-as uma na outra, untando-as bem. Agora, as mãos suaves podem deslizar, entrar e aproximar-se o mais perto possível do bebê que vai nascer. As suaves mãos sabem, são mãos mágicas.

Entre meus joelhos levantados, os lençóis escondem, protegem. A parteira troca-os com freqüência e enxuga o líquido que vaza das minhas entranhas. Bacias fumegantes saem e retornam. Judith e Geertruid atravessam o quarto num sentido e depois em outro, o rosto vermelho e brilhando no quarto enevoado. Os lençóis lavados secam na lareira. Entre duas contrações, não posso mais respirar. As vozes são zumbidos, o quarto está cheio de ruídos. As vizinhas curiosas e suas criadas querem saber se a dor, os gritos ou a desgraça acompanham esse parto. Querem ver, talvez ajudar, ou recordar. Dão conselhos mas não os escuto. Rembrandt oferece um copo de *chaudeau*[18] e maçapão de amêndoas.

Ficaste ao meu lado, meu amor, como ficaste quando nasceram os quatro bebês (três pobres anjos), ao lado de Saskia. Agora, na casa dos notáveis foi adotada uma nova ordem; os homens não podem ficar no quarto enquanto nascem os bebês. A dor esquarteja a mulher além de seus nove orifícios, e o homem não pode ver. Mas tu, Rembrandt, amas essas duas vidas e seu sangue. Tua mão enxuga e afasta os cabelos de minha testa. Não consigo respirar. É um fogo que cava a passagem e dilacera. Judith sabe como eu que os maus espíritos desaparecem quando vêem a cor azul. Não se sabe por que, não se procura saber, sabe-se. Baixinho, para não incomodar, sopra em meu ouvido: "As velas têm uma bela chama azul." Senhor, tenha piedade de sua ovelha, perdoai se pequei.

A mão da parteira deslizou sem dificuldade.

— Empurre — diz ela.

Não me puna pelo mal que não desejei, que ignorava. Empurrei. Todo o meu rosto vermelho e contraído que empurra em volta dos meus olhos fechados. Se a criança estiver coberta de escamas ou não tiver ânus, não permitirei que viva. Empurro e grito para

---

[18]Vinho branco açucarado e perfumado com canela.

abafar o barulho e a dor. As bacias fumegantes cruzam-se e se reencontram, a espera e os murmúrios também. A ressurreição da carne e da vida eterna. Amém. E se as entranhas saírem de meu corpo, que eu morra antes de vê-las.

A parteira reencontrou sua mão. Agora, deitada em cima de mim, de través, apóia-se sobre minha barriga. Com todo seu peso. Com um calmo e largo sorriso vira a cabeça para o meu grito. Com todo seu peso, com toda sua força, pressiona a grande onda de meu ventre.

Pronto, a cabeça passou. Do nada para a vida, das trevas para a luz. Vermelhos e comovidos, os rostos olham a nona abertura e a cabeça do bebê. Como se não tivesse existido, já esquecido, o sofrimento desapareceu logo que a cabeça passou. Sem esforço, o corpo do bebê deslizou, seguindo-a. Tu me beijas. "Uma menina, é uma menina." Sim, meu amor, a pequena Cornelia, o nome de tua mãe e das duas pequeninas que morreram. Penduraremos na porta que dá para a Breestraat a placa de seda vermelha envolta em renda, no centro um papel branco que diz simplesmente que é uma menina o recém-nascido.

Para não mais ouvir as vozes tagarelas e numerosas, fecho os olhos. "Uma menina", repete bem alto a parteira aos presentes, antes de cortar o cordão pelo qual alimentei meu bebê, minha filha, durante nove meses. Pequena Cornelia, tão pequenina; uma enorme onda de amor me impele a colocá-la sobre meu peito, nua, e envolvê-la em meus braços. Mas a parteira enrola-a num lençol aquecido antes de apresentá-la, em seu primeiro grito, ao pai, dizendo:

— Aqui está tua filha. Que Nosso Senhor lhe dê muita felicidade, ou que a chame para Ele.

O sorriso feliz de Rembrandt diz que ele não entendeu nada do que ela falou. Muito menos eu. Que Nosso Senhor nos proporcione através dela muita felicidade.

Vizinhos, maridos das vizinhas, famílias inteiras entraram no quarto, beberam e riram. Fecho as coxas e as pernas e lentamente levanto-me e me reclino. Rembrandt surge na fumaça da água quente e do ruído de vozes, com o boné de pai do recém-nascido. Sob plumas verdes e amarelas, seu rosto bem vermelho exibe um sorriso de *chaudeau*. Oferece seu copo onde molho meus lábios. Está orgulhoso, vermelho e orgulhoso. Levanta bem alto o bebê para que todos o admirem. Mais uma vez, antes que a mãe descanse e, no aconchego do silêncio, ela o alimente e embale.

Ela é tão pequena. Deito em minha cama. Em seu berço de palha verde que balanço com um ligeiro movimento de meu pé, ela chora. Imediatamente, aos primeiros gritos, vê meus braços estendidos, minhas mãos que a levam, pequena pluma (livre do cueiro e batendo as perninhas), a um seio dolorido como um balão bem cheio. Com esse seio vermelho, duro e macio ao mesmo tempo, que descama um pouco e recende a leite, com o seio materno, que satisfaz o sofrimento agudo da fome. Até os próximos. Lavo-a, visto-a, deixo livres seus bracinhos e pernas batendo-se no ar. Ephraim Bueno bebe um copo de *chadeau* e o leva até Cornelia, saudando-a. Diz não acreditar que o hábito de enfaixar ajude os ossos a crescerem em posição correta. Aristóteles pedia que deixassem os recém-nascidos com seus movimentos livres. Chamava de bárbaros aos que se serviam de talas para manter bem reto o corpo do bebê. Depois de nove meses escutarei seus conselhos, não farei de meu bebê um pequeno pacote, pequena fava enfaixada, como fazia nossa mãe conosco, e sua mãe antes dela.

Durmo um pouco, sou mãe. Entre meus braços e meu rosto inclinado para ela, eu a protejo, Cornelia, nossa filha. Teu estilete arranha o verniz do cobre. Minha face roça a sua. Escuto bem de perto seu sopro leve, sua curta respiração. Sentada em uma cadeira, eu me embalo, embalando-a. Não dormirei, mas fechar os olhos me descansa. Observando-nos pela janela, simplesmente olhas, és José comovido. A luz que entra no quarto pelo oval do vidro vem de longe. Desenha uma auréola acima das duas cabeças unidas, a mãe e a filha. Tu te ocupas com a Sagrada Família. O gato, ao nosso lado, dorme também. Tudo é calmo, Deus vela por nós. O bebê é lindo, a mãe não pecou.

Desenhaste o animal traidor e venenoso, a serpente do demônio. No verniz preto arranhado, ele apareceu, sulcos sombrios, riscos acobreados e brilhantes. Ele sobe e desaparece embaixo do meu vestido.

Falo a Rembrandt:

— Por que esse perigo?

— Não é mais. Teus pés o esmagaram. O bem venceu o mal. Debruçado sobre nós, meus lábios primeiro, depois Cornelia.

A tinta e o cheiro do quadro secaram. Betsabé é uma vítima. Ela é bela, pura, seu destino está traçado. Só podemos lamentá-la e amá-la. Mas eu sei que Betsabé é uma puta.

1655-1658

. . . .

Tens a sensação que durante todos esses anos tua vida foi lutar, vender, esperar e, depois, não se importar. O golpe do martelo do leiloeiro. Te separar de teus objetos e de tuas obras, as tuas e as que te davam prazer. Dilacerar. No espelho com moldura de ébano do ateliê, os sulcos cada vez mais melancólicos marcam teu rosto, em volta de teu nariz que se avermelha e avoluma. A Deus e Sua glória. Não é mais a cólera, não é ainda o medo, é a cerveja e o genebra. Sentada à tua frente, à grande mesa, exausta demais para subir e me deitar em nossa cama, sinto-me insegura. Bebo meu primeiro copo, a genebra é fogo do diabo. A cerveja o apaga.

Os golpes repetidos do martelo do leiloeiro sobre a mesa repercutem na cabeça. Um som seco, é o copo vazio que coloco na mesa. Vives no ateliê. Na luz de teu pincel, a cada quadro respiras um novo ar, só diante de teu cavalete, longe do dinheiro.

Durante um ano amamentei Cornelia. Suas mãozinhas se fecham no vácuo entre nós, seus lábios aspiram o vazio antes de sugar meu seio. Na cúpula gelada da Oude Kerk que anuncia as orações nossa filha foi batizada, a filha de Rembrandt van Rijn, o pintor, e de Hendrickje Stoffels, a puta. A Igreja concordou; minha exclusão da mesa do Senhor só interessa portanto à cidade.

Pelo batismo, com Sua morte, fomos enterrados com Ele, as palavras caem da boca do pastor. Como Cristo que ressuscitou dos mortos pela glória de Seu Pai, nós também teremos uma nova vida. Nossa filha, nascida de pais que O reverenciam, é uma eleita de nosso Deus. A água fria em sua cabeça e em seus lábios a faz chorar. Se Ele a levar desta vida em sua infância, o batismo lhe dará a salvação.

Ela agarra meu dedo e o introduz em sua boca que se fecha; ela o suga. Transparece uma grande onda de amor em meus olhos. Meu dedo sugado, aspirado, toca o fundo escuro entre a língua e o palato, encontra o interior do corpo de minha filha, sua respiração úmida e quente, o âmago de sua vida. Mais tarde, com os olhos semiabertos, a cabeça voltada para um lado, os lábios entreabertos, carnudos e brilhantes do leite açucarado de meu corpo e de seu sono, Cornelia dormirá. Percebendo sua respiração contínua, profunda e tranqüila, fecharei meus olhos.

No ateliê dos alunos, Willem Drost e Bernhard Keil colocam com suas grandes escovas a cola de pele sobre as telas virgens. Depois, preparam as cores para o fundo macerando, por muito tempo, os pós coloridos no óleo de cravo. Para que o tempo de Rembrandt passe mais devagar na ampulheta. Para que cada pincelada seja sempre a primeira, sempre a última. É o que diz Titus com seus grandes olhos. Ele olha Cornelia que dorme, a chama de irmã, sorri, sem saber por quê.

Sentado à sua pequena escrivaninha, sobre ela as penas de pato novas, o ábaco, o pote de tinta e a caixa com areia para secar as letras, Rembrandt pintou Titus com grandes e rápidas pinceladas. Foi a ternura que fez esse retrato como tantas orações, foi o amor e o medo que teu pincel esmagou na tela. Com seus grandes olhos que já sabem refletir, Titus é ainda um menino. Ele é lindo, por ele tenho medo da vida, do frio e da peste. Medo também por

Rembrandt; sei que se o sangue não correr mais no corpo de seu filho, nele tudo se imobilizará. A vida chegará ao fim.

Quando os lampiões iluminam as doze casas e as ruas da cidade, Abraham Francen vem, às vezes, à nossa casa da Breestraat. Seu olhar reflete a mesma bondade dos olhos de Ephraim Bueno e penso que os médicos e boticários têm o mesmo olhar, talvez, a mesma bondade. Sobe a escada. Sem falar, vira as gravuras para serem melhor iluminadas; por muito tempo inclina-se sobre elas. Seu olhar se fixa, absorto. Rembrandt diz que ele reconhece um bom desenho, o milagre do traço que só se faz uma vez.

Freqüentemente vem jantar conosco. Fala com palavras simples da arte (a escola da vida), de Deus e da morte. Repete sempre o ensopado de vitela com suco de melão. Tenta dar alguns conselhos, mas logo pára quando Rembrandt pede-lhe com suas sobrancelhas para não me inquietar. Foi ele quem, pela primeira vez, pronunciou na minha frente o nome de Thomasz Jacobsz Haaringh, guardião da Casa dos Insolventes. Como seu pai o era antes dele.

À noite, logo aos primeiros gritos, levanto-me e esfrego com óleo de zimbro as gengivas de Cornelia, que são como agulhas que furam sua boca.

Abri a porta e deixei o sol frio da primavera espalhar-se na entrada da casa. Não é com um sorriso, é com profunda piedade que Thomasz Haaringh olha para mim. Ela bate forte em meu peito e no meu corpo o sangue corre mais rápido. A escada se inclina, a luz esmaece, um medo gelado seca meus lábios. Quando a escada volta à sua posição normal, Thomasz Haaringh segura meu braço.

— Rembrandt está a sua espera — digo-lhe. Sua bondade triste me acariciou.

Com as duas mãos levanto a camisola branca com compridos rabiscos de tinta. No lago transparente, minhas pernas cortadas à superfície da água alongam-se sob teu pincel. Com o rosto inclinado, fixo o fundo claro. Caminho lentamente, vou tomar banho. Atrás de mim está estendido, à sombra de um rochedo, um pesado tecido vermelho e dourado (o de Betsabé quando lê a carta do rei Davi, esse mesmo), aquele que fica pendurado em dois pregos na parede de teu ateliê, colore o espelho da água e o quadro inteiro de vermelho e ouro. A sombra esconde-se entre minhas coxas. Quero acreditar que estou só, mas tu me espreitas, é o instante antes da nudez. O rei Davi olha Betsabé no momento em que ela tira a camisola para se banhar. O destino está traçado. Começo a me movimentar, o primeiro gesto, a água está agradável.

O decote é grande, o colo largo, mais abaixo o tecido cobre os seios brancos e redondos, cheios de leite que, em meu corpo, se transformou na cerveja escura de Roterdã. Imagina-se, sob a camisola, as pesadas curvas. As coxas e pernas são sólidas. Os anos passam e eu engordo. É o bebê, o frio, o leite e a cerveja. A genebra também. No rosto um pálido sorriso se abre ainda. Sou retratada como me vês, como me amas. A vida para ti tem sempre razão porque amas a vida, mais que a beleza que mente, a verdade é a beleza.

É o que vês, o que pintas, mesmo quando a liga cava um sulco na coxa flácida.[19] Amas todas essas vidas calorosas que excitam tua bondade, vidas nas quais um coração palpita, e que um dia deixarão de existir sem deixar vestígios. Desaparecem no instante em que o sangue ainda corre em suas veias. Nelas os vermes satisfazem sua gulodice. Cavarão mil túneis para que o cheiro fétido lhes dê abrigo.

---

[19]Rembrandt foi criticado pelo realismo de alguns desenhos (como o dessa mulher); seus críticos o julgaram de mau gosto.

O tempo não me esqueceu. A pele de meu rosto está salpicada de estrelas rosadas que, antes de explodirem, não existiam. Os cachos do meu cabelo estão menos brilhantes, meus olhos também. É o cansaço, as noites curtas com o bebê, o medo. É o tempo. A cerveja e a genebra incham minhas pálpebras. Dois copos e já esqueço até de Judas, o traidor, sentado entre os doze, à esquerda do Salvador, à mesa da qual fui expulsa. Minhas bochechas inflaram e parecem derreter; caem mais baixo que a linha do rosto, entre o queixo e a orelha. O desenho surge, o modelo se enerva. A jovem com sua camisola pergunta ao pintor se ele sempre a prefere. Mas ele não escuta, Betsabé pensa que está só, o rei Davi ainda não a viu. Betsabé não está triste. Não imagina, como o pintor, que daqui a pouco ela será uma puta.

Não sei o que Rembrandt esconde de mim. Mas sei que as dívidas aumentam e que o dinheiro necessário e urgente não entra mais na casa.

Ao meio-dia, a mulher bateu à porta. Com o enorme dente que pula da boca e se remexe entre seus lábios, suas meias de lã preta furadas e seus tamancos enlameados, é a criada do demônio. Quer falar com mestre Rembrandt van Rijn. Peço-lhe para não entrar com esses tamancos, para ficar no vestíbulo. O que quer dizer não entrar nos outros cômodos da casa. Uma mulher com um dente que pula não traz boas notícias. Rembrandt abandonou o pincel e a paleta.

Ela se chama Trijn Jacobs. Cinco anos após o processo, ela ouviu dizer que sua vizinha em Edam, Geertje Dircx, não estava mais em Amsterdã, mas na casa de correção em Gouda. Cada palavra que sai de sua boca balança o dente. Em seu rosto só vejo ele. Acho que um dia ele cairá, sem dor e sangue, sem que Trijn Jacobs perceba, enquanto dorme, e ela o engolirá. Ela vai a Gouda tentar libertar Geertje Dircx porque nenhuma mulher (sacode o dente), mesmo apaixonada e louca, nenhuma mulher merece um castigo de doze anos. Sinto medo, o passado pode, em um instante, se tornar o presente. Se seu nome hoje não representa perigo, a lembrança de uma Geertje Dircx enraivecida sufoca minha garganta.

Rembrandt vem ao encontro do dente, da feiticeira. Pede-lhe para não se intrometer, que também é uma louca, ele irá avisar a casa de correção que cuida de Geertje Dircx. Praguejando, chama Rembrandt de covarde e outros nomes. Dirigindo-se a mim, me chama de puta, a puta do mestre Rembrandt van Rijn. Antes que Rembrandt levante o braço, ela vai embora, a porta se fecha, silêncio.

Abraham Francen traz notícias da cidade, Joost van den Vondel está falido. Pagou as dívidas de seu filho que destruiu o comércio de seda e de lã da família, como um navio em uma tempestade no IJ. Ninguém na cidade sabe quais delitos praticaram o jovem e sua mulher, despenseira, que custaram a seu pai quarenta mil florins, três vezes o valor da casa da Breestraat; tudo que possuía. O poeta amado da Holanda foi abandonado por Deus. Mas não pelos homens, pelos regentes da cidade, não pelos ricos e poderosos sobre os quais há anos escreve versos elogiosos (o doutor Tulp e Jan Six). Homens que sabem retribuir uma amizade. Tiveram a bondade (diz Abraham Francen, a generosidade) de lhe oferecer um cargo de chefe contábil do montepio, no Banco Lombards, o grande entreposto em Fluwelen Burgwal. Atrás de sua escrivaninha, Vondel acolherá os falidos. Ele agradeceu, com toda sua gratidão. Sentado o dia inteiro atrás de sua escrivaninha gelada, em um grande livro de contas, em fileiras intermináveis, ele escreverá números e nomes.

Encontrar-se consigo mesmo, ao longo de um dos canais, inclinado para a água, espelho da cidade, limpa pelos ratos, sem dinheiro e abandonado por Deus e por todos, aos setenta anos, não é uma sorte contar com esses amigos, mesmo para um falido. Concordamos, os três, sem rir. Rembrandt diz que ele continuará escrevendo na poeira do montepio, escreverá mais dramas para o teatro do que escreveu até agora.[20] Com palavras entre os números agradecerá aos senhores da cidade tanta generosidade. Agora rimos um pouco. Rembrandt serviu mais três copos de genebra. Baixinho pensei que, em nossa situação atual, Rembrandt poderia um dia visitar a poeira do trabalho de Vondel e que os dois se encontrariam então pela primeira vez. Falariam da força das palavras e de pintura. Não é sempre que se reconhecem o riso e as lágrimas quando se misturam, falei baixinho. Sobretudo o riso de Rembrandt.

O rico judeu português senhor Diego Andrada pagou a metade do retrato de uma jovem pela qual está apaixonado. Beija na tela os lábios que Rembrandt pintou de vermelho. Ao final de cada frase, corta o ar fazendo uma reverência com as plumas de seu chapéu. Terminado o retrato, o mais rápido possível, serão pagos os outros duzentos e cinqüenta florins. Não abandonarás teu ateliê, nem mesmo para visitar o novo prédio do Stadhuis.

Com meu *huik* nos ombros, a echarpe amarrada embaixo do queixo, cabeça erguida como todas as mulheres da Breestraat que não foram expulsas da mesa do Senhor, vou à Dam. Eram os primeiros dias de junho, o trabalho dos polidores de pedras havia terminado na Grande Galeria. Os regentes escolheram o dia 29 de julho para inaugurá-la. Não tinham previsto com antecedência uma data, um mês ou ano, porque traria azar. Todos os habitantes de Amsterdã, mesmo os analfabetos, sabem o que aconteceu

---

[20] A premonição de Rembrandt é quase exata, não pela quantidade das obras, mas pela qualidade.

em Flandres, a cidade de Anvers foi destruída no ano da inauguração de seu novo Stadhuis.

Cabeça erguida, caminho em direção à Dam. Pela graça fostes salvo, pela fé; não sois nada, é o dom de Deus.

No primeiro dia de sua inauguração quero ver nosso templo de Salomão, construído em sete anos por oito milhões de florins. Deve ter arruinado a cidade de Amsterdã sem que se saiba. Também os comerciantes de óleo de baleia e de pólvora para canhão, e os regentes. Arruinados sem saber. Foram eles que não inscreveram Rembrandt na lista dos pintores de Amsterdã escolhidos para pintar os quadros da Sala do Conselho. Rembrandt não, mas Jan Lievens e teus alunos Ferdinand Bol e Govaert Flinck.[21] Depois os da Guilda de São Lucas para os quadros das outras salas. Não meu Rembrandt, não o meu amor. É verdade que não trabalhas como eles, ficas em teu ateliê, não és tão competente quanto eles, tua mulher não é filha de notável, não te vestes com rendas e meias, tecidos brilhantes e laços como na corte da França. Também, não os reverencia.

Em desacordo com teu modelo e teu comprador, sempre a arte tem razão.

— Além disso, os que tomam as grandes decisões na cidade ainda não escolheram os pintores da Grande Galeria — diz Rembrandt.

Esperar ainda. Esperas que se lembrem do Rembrandt van Rijn que fazia os ricos esperarem meses à porta de seu ateliê. Não leram o poema do diretor de teatro da cidade, Jan Vos (que sabe também fazer

---

[21]Jan Lievens vivia em Leiden na mesma época que Rembrandt e era um ano mais novo. Por ocasião de sua primeira visita a Leiden, Constantin Huygens conheceu os dois pintores, amigos bem próximos em sua arte. Ferdinand Bol foi aluno de Rembrandt de 1636 a 1642; Govaert Flinck entre 1633 e 1636, aproximadamente.

belas reverências) saudando os grandes pintores da cidade? É graças a Rembrandt, diz o poema, que a glória de Amsterdã atravessa os mares até o outro lado da Terra. Caminho com passos tímidos na Grande Galeria branca e preta, grande demais para mim. Não, meu amor, eles não te esqueceram, não poderiam. A Grande Galeria, grande como eles pensam ser, não é para ti.

O sorriso de Thomasz Haaringh me impressiona menos porque fala de meu medo e meus questionamentos. Rembrandt grava seu retrato e seu sorriso triste. Em agradecimento a seus conselhos, seu pagamento. Diante desse homem combalido pela falência, da sua e dos outros, da lenta compaixão da velhice, Rembrandt escolheu uma placa de cobre. Nenhuma estava envernizada. Então, arranhou-a com o estilete, depois com o buril, sem o primeiro jato de água-forte. Rembrandt me abraça. Cochicha no meu ouvido que Thomasz Haaringh é um bom cavalheiro, que tudo correrá bem. O estilete cruza sulcos no metal amarelo em volta dos olhos tristes. A falência não será vergonhosa e sem interdição para a venda das obras. Escuto o estilete arranhando o cobre e agradeço a Deus cada dia que vivo na Breestraat junto a ti.

Tento não pensar nos pequenos vermes que escavam a vingança na madeira. Na madeira dos milhares de pilotis que sustentam o Stadhuis. Mas quando penso em os esquecer, já é tarde demais nos túneis de minha cabeça.

Os habitantes de Amsterdã podem entrar por uma das três portas abertas da grande fachada sobre a Dam e subir uma grande escada andando sobre os ladrilhos pretos e brancos. Mesmo os passos rápidos dos notáveis, confiantes em si mesmos e em seus passos, tornam-se pequenos nos quadrados gigantes da pedra de

Bentheim. Iluminada pelos raios de sol, a Grande Galeria é um espelho branco para os sapatos limpos dos ricos. Mas hoje os sapatos enlameados e os tamancos podem também subir a grande escada e andar sobre a pedra nova e sem ranhuras; os ricos e os pobres, os regentes e os mendigos. Até os leprosos deixam a Casa dos leprosos e vão à Dam, curiosos para ver, eles também, o muro da Casa de Deus, antes de serem expulsos pelos guardas. Os ricos trocam sorrisos, confiantes em seus encontros, menos sós que em seus espelhos.

Não se sabe bem por quê, mas o fogo nas ruas que queima os miasmas do ar os repeliu, afastando a peste. Ephraim Bueno diz que ela foi matar em outros lugares. Antes de retornar, pois a peste mata e sempre volta. Ele diz também que a nova guerra declarada contra a Inglaterra sufoca o comércio da cidade. Mais de mil e quinhentas casas estão vazias, porque os que ainda fazem alguns negócios, os que podem comprar ou alugar, já estão ricos demais.

Nos últimos degraus da grande escada e nos primeiros quadrados negros da Grande Galeria, as pessoas se cruzam e se olham. Cada um sabe quem é o outro. Dou Minha vida por Minhas ovelhas e Eu as conheço. O verão é azul, os vestidos das filhas dos notáveis são confeccionados com belos tecidos de cor clara e brilhante. Não usam golas altas e esvoaçantes como suas mães, não, seus longos e belos pescoços são enfeitados com a delicada renda de Flandres, também nas mangas. Com uma olhadela, avaliam o tecido sem brilho de meu vestido e a renda fosca no meu colo, minha bolsa e minha educação. Só de olhar sabem quem eu sou, é o que imaginam. O que elas não conhecem são os tesouros atrás das paredes da Breestraat. Os vestidos de seda das Índias Orientais, as camisas do rei, os gibões e os tecidos bordados a fio de ouro, os casacos forrados de pele.

Emoldurada de arminho branco, eu te olho nos olhos. Tua ternura comigo é a mesma que sinto diante de ti e de tua arte. Sinto vontade de chorar, o que viste e pintaste foi a felicidade. Sei que após minha morte e a das filhas dos notáveis, quem olhar esses quadros (que me retratam em uma vida imaculada e mais longa que a morte) não me reconhecerá. Vestida como uma princesa, unicamente para ti. Nos olhos da puta de Rembrandt não desvendarão a felicidade.

Abraham Francen vem nos contar que Christian Huygens, filho de Constantin Huygens, olhou o céu em uma comprida luneta que ele chama de telescópio. O que viu nunca fora visto antes. Um anel brilhante na escuridão do céu, em volta de um planeta duro como a Terra que se chama Saturno e uma luz que se espalha e ilumina um outro, Órion. Sei que o céu é grande e que nós somos pequenos, todos sobre esta Terra grande que, talvez, gire em torno do Sol. De joelhos agradeço a Deus por ter inventado a vida e de nos presentear com um pouco dela; por todas as pequeninas pessoas como tu, Titus, Cornelia e eu, aos vivos de nossas famílias e aos que já morreram, aos que ainda não nasceram. Agradeço por afastar a morte, sempre perigosa, ando um pouco sobre meus joelhos. Com os lábios pousados no ladrilho preto do quarto, estiro-me no chão gelado, falando o nome de todos que amo, e de minha mãe.

No meio dos que entram e desaparecem na Grande Galeria, no mesmo momento e nos mesmos cantos animados, com um olhar, nos separamos. Não nos conhecemos, não nos vemos. Sei que no curto espaço de tempo entre o nascimento e a morte, os vivos não têm piedade, mas não foi isso que Ele quis. Sentado à direita de Deus, o Pai Todo-Poderoso, Ele virá julgar os vivos e os mortos.

Quando as mãozinhas de Cornelia contorcem-se sobre sua barriga, quando as caretas revelam a dor, levo-a até a cozinha. Nas últimas brasas derreto raízes de beterraba com mel, coloco a mistura em sua língua gulosa e fricciono seu umbigo (que é o lugar mais próximo do interior) com um pano molhado com essência de cominho e de ambrósia.

O senhor Andrada recusou o quadro. Rembrandt precisou defender seu trabalho. O senhor Andrada não vai pagar os duzentos e cinqüenta florins que deve. Pede, sem constrangimento, um novo retrato da jovem que se pareça mais com ela. Se Rembrandt não concordasse, teria de lhe devolver o dinheiro já pago. Rembrandt rugiu como um leão ferido, o rei dos animais deitado na planície, longe das grades, no fundo mais sombrio de sua jaula. Um comprador, um homem que ama a arte, exige sem cerimônia que recomeces um quadro. A Rembrandt. Anos atrás, à porta de teu ateliê, esperavam que sua imortalidade fosse pintada por ti, por nenhum outro. O tempo apaga a glória, não as lembranças e os insultos.

Rembrandt dá uma gargalhada, é um soluço em sua garganta:
— Ele nunca a viu, nunca a olhou realmente, a jovem que o ajuda a gastar seu dinheiro. Imagina-a branca e pura, mas ela quer tudo sem dar nada em troca. Pura ela é, mas não branca. Quando posa por algumas horas, a doçura e a modéstia desaparecem de seu rosto. É verdade que a sombra do nariz com os dois traços do pincel é um pouco forte, porém será minha culpa se, morena como ela é, o buço de uma outra nela não se transformaria em um bigode?

Rembrandt coloca seu copo vazio sobre a toalha da mesa. Abraham e eu rimos muito com o que acabamos de ouvir.

Ele foi crucificado, desceu aos Infernos, subiu ao Céu. Gostaria de tomar para mim teu sofrimento, livrar-te dele, mas só posso escutar. Sei que estás sempre com razão. O que conta são o amor e a arte, depois de nós a vida continua e a arte também.

Faço o que posso para te ajudar, te confortar. A casa está sempre limpa, todas as manhãs e todas as noites massageio tuas costas. Quando Titus volta da escola latina jogo com ele uma partida de passa-dez. Vigio Cornelia, que está aprendendo a andar em sua cadeira de rodinhas. E quando, aos gritos, ela quer sair, não esqueço de colocar sobre os cachos de seus cabelos o gorro de couro estofado que protege sua cabeça ao cair.

Rembrandt meu amor se queixa, algumas vezes, por se sentir muito cansado sob o peso de suas inquietações. Muito velho. Não, meu amor, mesmo com dor de dente e na gengiva, não envelheces; todos os dias vejo o brilho do teu olhar, tua bondade. Muito velho, ele me diz, que a vida é perigosa para as crianças, o amor que sente por elas é sofrimento que só termina com o fim. O dia em que Cornelia caiu sem seu gorro de couro estofado e bateu com a cabeça na ponta da mesa (sofreu um corte e ficou com o rosto coberto de sangue), Rembrandt largou o pincel, subiu a escada correndo, serrou e aplainou todos os cantos pontiagudos dos móveis da casa. Mesas, cadeiras, baús, armários de louças e meu armário, todos foram arredondados.

Abraham apareceu, certa noite, com seu irmão Daniel, o cirurgião. O mesmo sorriso, a mesma suavidade. Ouso fazer perguntas, falando baixinho para não despertar os vermes de minhas entranhas. O cirurgião corta a carne dos corpos, a pele e os ossos, depois os costura e seca o sangue com fogo.

— Sim — responde bem alto Daniel Francen —, o cheiro da vida está fora, nunca dentro.

Mantenho aberta a porta que dá para a Breestrat. Rembrandt aperta a mão de Abraham, depois de Daniel Francen. Mais uma vez agradece. Esta noite não apanhará a garrafa de genebra do armário. Parece calmo e me disse:

— Ainda existem homens bons na Terra, já que os encontramos ainda em Amsterdã. Daniel vai nos emprestar três mil florins, no entanto, sua clientela não é rica. Fui eu quem propôs os juros. Ele aceitou, para minha desgraça (e dos amantes da arte). Combinamos que em caso de maiores dificuldades, poderei reembolsá-lo com quadros. Há ainda em Amsterdã homens cujo interesse pela vida não está só no dinheiro. Hendrickje, me dá um beijo.

Os tambores e as cantorias das crianças aproximam-se. Todos os anos, no dia 1º de setembro, o cortejo dá uma volta pela cidade. As ruas se enchem de crianças que vêm correndo, gritando. Há dez anos, a cidade abre as portas do prédio da Bolsa para a primeira semana da quermesse. No grande pátio quadrado Cornelia olhará encantada a pirâmide dos acrobatas, o palhaço Pekelharing, as bonecas vestidas com belos tecidos brilhantes (como as filhas do regente), com grandes decotes rendados que, ao som da espineta, levantam sozinhas um braço, mexem com a cabeça, abrem os lábios sorrindo, mostrando os dentes brancos. Titus segura a mão de Cornelia, não a soltará, promete, voltará daqui a duas horas, antes do pôr-do-sol. Titus sabe, assim como eu, que uma Cornelia com cachos dourados atrai para a cidade os ladrões de crianças e os açougueiros, todos sempre aparecem no pátio da Bolsa. Coloquei no alto do seu bracinho nu, como amuleto, o *bretzel* que a protegerá. Com o braço dobrado, virando-o em direção ao seu rosto inclinado sobre seu protetor, entre dois sorrisos ela o comerá.

Com o empréstimo de Daniel Francen paguei algumas dívidas do dia-a-dia, é o custo da vida que sai mais rápido do que entra em uma casa. Não reembolsamos o conselheiro Cornelis

Witsen nem o negociante Hertsbeeck, e não vejo como fazê-lo; são quantias importantes que o cotidiano exige, não nos permitindo guardar um pouco.

Após três meses da primeira visita de Thomasz Haaringh ficou decidido o que seria colocado à venda, a primeira venda. Ajudado por Thomasz, a decisão foi dos dois. Os alunos carregaram pela escada dois mármores do italiano Rafael e vinte quadros, oito de Rembrandt e doze de sua coleção. Fazendo-a rodar sobre seus pés arredondados, conseguiram levar até a porta de entrada a bela e rara mesa trabalhada com losangos de mármore italiano colorido (vermelho, verde, branco e azul), sobre a qual ficavam as esculturas em mármore. Rembrandt ficou no ateliê. Não queria ver as obras amadas deixarem a casa, também não assistiria à venda. Sabia que a guerra tornara o comércio lento, o dinheiro não valia nada e que jamais o preço da beleza perdida seria restituído.

Apesar da escassez de dinheiro, a vida continua. Se a vida continua, mesmo com dívidas, a família não deve passar fome. No dia que antecedeu a venda, Judith, Titus, Rembrandt e eu fomos ao mercado de carnes escolher o cadáver que nos daria carne o ano todo. Nesse dia, enquanto quadros e esculturas de sua coleção estavam sendo vendidos, com a força que a tristeza dá, sozinho na escada, até o ateliê, Rembrandt carregou o grande cadáver em seu ombro. Desde o pequeno pátio onde o esperava a faca de Judith, de degrau em degrau, ele subiu, arrastando-o. Bernhard e os aprendizes escutaram o barulho de algo pesado que caíra e era arrastado no chão de madeira, tua respiração ofegante. Sem saber o que estava acontecendo no ateliê, Bernhard correu para ver o que era. Enquanto sustentava o animal rígido e escorchado de sua gordura em suas costas, Rembrandt o amarrava em uma viga, as patas bem abertas para trás como os braços de Jesus na Cruz, com uma grossa corda enrolada em torno delas. Por muito tempo, Rembrandt ficou olhando para o animal rígido e esfolado, apertando os olhos.

Com a trincha, Rembrandt arremessa sobre a tela salpicos de tinta e sangue, vômitos de gordura, farrapos de carne morta. Gravado na tela, os ossos à mostra, o animal esquartejado se abandona. A morte é vermelha. Bato à porta como sempre, depois um pouco mais forte; sem resposta, entro. Com a camisa pintada de vermelho pela tinta que havia espalhado, riscada pelas cores que se cruzavam no ponto onde ele bate, como se tu, meu amor, também fosses um cadáver. Nu em teu sangue, as duas carcaças de teus ossos bem abertas distantes de cada ponto em que batem, sofres com cada golpe de teu pincel. Escorchado, ofereces a quem o queira teu coração que pulsa. Teu sofrimento é mudo. Não sabia o que dizer, estarrecida te olhava. Eu te admiro.

A mulher com o dente no meio da boca voltou. Não entra, o dente que mexe não põe os pés nesta casa. Voltou para Amsterdã para dizer ao covarde Rembrandt van Rijn que Geertje Dircx foi liberada da casa de correção de Gouda e está em sua casa em Edam. Não pôde vir pessoalmente dar a notícia (boa, não é?) porque seis anos vividos no frio e na sujeira, no meio de bocas dilaceradas que gritam de manhã à noite que ainda estão vivas, os seis anos transformaram Geertje Dircx em uma mulher doente.

Thomasz Haaringh bate à nossa porta, cumprimenta-me com seu afeto e tristeza. Sobe para o ateliê. Não veio posar, seu retrato já está gravado, pronto. À minha primeira pergunta responde que todas as dívidas, todos os problemas são um grande aborrecimento. Os credores querem ser reembolsados imediatamente, mas Thomasz Haaringh, que conhece as leis e seus usos, vai nos ajudar a ganhar tempo e dinheiro. Nada alarmante, porém o tempo perdido sem pintar e o cansaço o impedem de contar tudo com detalhes. Entendo que não dirias agora o que não podes mais esconder.

Não é Titus quem está devendo, não podem tirar nada dele. E foi seu pai, a pedido da Casa dos Órfãos, quem lhe deve os vinte mil florins. Para que a Câmara dos Insolventes não os confisque, em maio, a casa deverá ser colocada em nome de Titus.

Em julho, Rembrandt pede uma *cessio bonorum* à Alta Corte da Holanda de Haia. O sol flutua nos canais, mas sinto frio, as palavras latinas não me dizem nada, até seu segredo me arrepia. Quando as crianças foram se deitar, calmamente me explicas:

— Com a proteção da Alta Corte não poderei ser ameaçado de prisão por aqueles a quem devo dinheiro, nem pelo conselheiro Witsen, nem pelo comerciante Hertsbeeck.

Prisão, meu amor, nunca imaginei. Tens seis semanas para relatar à Câmara a desolação que paira sobre Amsterdã e de que forma farás o reembolso. Ou para pedir um pouco mais de tempo.

Thomasz Haaringh continua te dando conselhos e como deves assinar os documentos. Atualmente, a arte não é um bom negócio. No entanto, há uma esperança de conseguir uma soma importante referente a uma negociação com as Índias Orientais, com um navio que ainda não retornou do outro lado do mundo. Toda Amsterdã sabe que os navios que atravessam a metade da Terra podem sofrer longos atrasos, que podem se perder para sempre nas tempestades; os navios, os que neles trabalham e toda a carga que transportam. (Se eles desaparecerem, o mesmo acontecerá com todo o dinheiro negociado.) O tempo ganho espreitando o horizonte valia bem essa mentira.

A mulher com o dente está de volta, com as palavras caindo de sua boca. Geertje Dircx morreu. Titus não quis se sentar à mesa.

Para ele, antes de se tornar essa pessoa, ela não era má, amou como as mães amam, durante sete anos. Não quer mais falar sobre isso, já sabe que o tempo apaga as lembranças.

Um curador da Câmara dos Insolventes visita com freqüência a casa do endividado para fazer um inventário. Todos os bens relacionados não pertencem mais ao dono, este guarda-os, todos os dias pode vê-los nas paredes, mas já estão em poder da Câmara dos Insolventes. Para se habituar com a idéia, dizes. Após a venda (a liquidação, diz Thomasz Haaringh), mesmo que o dinheiro arrecadado não cubra as dívidas, os credores não podem reclamar. Compreendo que, dos males, o menor. Não me conformo com essa idéia. Para guardá-los bem em minha memória, percorro com Rembrandt todos os cômodos da casa, procurando as paredes entre os quadros, na esperança de que essas palavras transformem-se em pesadelo.

Ainda estava escuro esta manhã quando bateram três vezes na porta. Mais rápido do que eu, Rembrandt levantou-se e abriu a porta. Na penumbra, junto ao muro gelado, vi o homem de preto, o mesmo corvo que persegue as putas com seu bico preto. Não está só, um outro tem nas mãos um livro e uma pluma. Vieram dois dias seguidos. Visitaram cada cômodo, sem ver a beleza: as paredes, as mesas, os armários, as gavetas e os baús. E cada caixa com os desenhos. O homem de preto faz sempre a mesma pergunta: "Qual o seu nome..." ou "Como o chamas?" Sempre respondes, às vezes algum detalhe te diverte e os dois homens esquecem o que estavam fazendo. Não perguntaram o que era o capacete de um gigante.

O segundo homem faz a lista de tuas últimas obras, as dos anos das coleções, de teus anos de amor, dos objetos que não verás mais, vendidos, separados uns dos outros. Só essa lista os unirá para sempre, eternamente, além da venda e de nossas vidas.

Durante dois dias, a pena arranhou o papel. Uma paisagem feita por Rembrandt, mais outra, uma vaidade retocada por Rembrandt, um ateliê de pintor por Brouwer, uma pequena paisagem de Hercules Seghers, três cachorrinhos de Titus van Rijn, uma cabeça de gesso, quatro cadeiras espanholas em couro da Rússia, um pequeno canhão de metal, sessenta pistolas indianas, bem como flechas, dardos e arcos, uma Anunciação, a cabeça de um sátiro com chifres, uma cabeça por Rafael, um livro de gravuras raras do mesmo artista, cinco chapéus antigos, as peles de um leão e de uma leoa, a estátua do imperador Agripa, uma estátua de Tibério, um Calígula, um Nero, um menino de Michelangelo, o capacete de um gigante.

Transparentes na sombra, vejo mãos que apontam, mãos que levantam, pesam, abrem e vasculham, virando-as contra o sol, são mãos sujas. Na tua casa elas ofuscam a beleza, tuas obras, tuas coleções, tua vida. É a tristeza ou o frio, não sei, estou tremendo. Ao responder às perguntas dos dois homens, lembraste das três camisas, seis lenços, três toalhas de mesa e doze guardanapos, alguns colarinhos e punhos ainda na tinturaria onde trabalha o marido de Judith. Como se minhas roupas tivessem sido arrancadas, de repente nua, meus braços e pernas cruzados, enrosco-me nas dobras do meu pudor, sobre o que quero esconder das mãos ladras.

Cornelia chorava baixinho, um choro manso; Titus a embalava em seu leito. Judith e Geertruid lavavam a cozinha, há horas, sem fazer barulho. Elas não tinham para onde ir, os outros cômodos da casa visitados e enodoados pelos homens de preto estavam condenados, interditados por alguns dias, que a lembrança ardente se evapore. Sentados sozinhos à mesa, frente a frente, em profundo silêncio que as palavras não quebram, jantamos *hutspot* que ficara cozinhando dias. Nossa inapetência continuava. Teu braço atravessou a mesa, tua mão pousou sobre a minha.

— Mereces uma vida melhor, perdão.

Sem palavras em minha boca aberta, balancei a cabeça para dizer não, lágrimas saltaram dos meus olhos. Amanhã o dia será parecido com o pesadelo de hoje, teu trabalho e a beleza arranhados por uma pluma. Amanhã, nos últimos cômodos não profanados, na sala da frente, no vestíbulo, na galeria de arte e no grande ateliê dos alunos, eles escreverão ainda, tesouro após tesouro, os nomes ditados por Rembrandt.

Engoli minhas lágrimas e disse:

— Vamos sair. Vamos à taverna, sempre recuso, mas leva-me.

Pela primeira vez quero ir à taverna contigo. Com água fria disfarcei o vermelho de meus olhos.

Nossos passos ressoam nas pedras das ruas. À noite, as vozes não são cochichos, mais graves que durante o dia elas murmuram as palavras. Falam do que ainda não me havias dito, nem a ti mesmo.

— Tão calorosa e tão próxima de mim nesses sete anos, tu também te apegaste à casa e a seus tesouros, sete anos. Nunca pensei separar-me deles, ainda não consigo acreditar.

Dobro para trás meu pescoço para contar as estrelas. O Senhor despoja e enriquece, Ele humilha e enobrece. Ele vela os passos dos homens piedosos, nas trevas morrerão os maus. Gaivotas gritam e respondem umas às outras, a rua está mais estreita, os lampiões das casas mais distanciadas, aproximamo-nos do porto.

— Sou insolvente, meu amor, fui despojado de tudo. Amanhã serei o mais limpo dos homens.

Tu ris, como podes, mas na verdade não é mais um riso. Na nossa frente dois ratos atravessam a rua. Dois ratos pretos e gordos alimentados pela podridão dos canais. Uma mulher com a boca pintada sai lentamente da escuridão. A luz de um lampião esmaga suas gordas bochechas, achata seus seios nus, murchos e enrugados, duas peras que se penduram no ar.

— Dando aos dois homens apenas palavras, não a beleza, acho que essas obras de arte, esses objetos (preciosos porque amados) me pertencem (como diz o amigo van Ludick), como eu também pertenço a eles. Despojado serei libertado.

Com a luz do lampião meus olhos aumentam. Não encontro palavras. Despojado ele será libertado. Um pouco mais distante, no canal, três homens brigam, ruídos, insultos e chutes. Em uma das mãos, um brilho metálico. Chego bem perto de Rembrandt, tremendo. Logo chegamos à taverna iluminada. Música e risos atravessam os vitrais verdes e azuis.

Rembrandt bate com a mão fechada na pesada porta. Ao entrar, à primeira vista, não vi nada, foi o barulho ou a fumaça. Despojado ele será libertado. A taverna é uma grande lareira onde queima o fogo do diabo. Suas chamas grelham homens e mulheres, cujos dentes choram e cantam ao som da música tocada por um homem ruivo, lá no fundo, em pé sobre uma mesa, contra a parede. O homem ruivo toca apertando os lábios, inchando as bochechas transparentes, em tubos pretos saídos de um grande saco de tecido (vermelho e verde, quadrados que se cruzam). Com a cabeça levantada para ele, os homens de sua mesa batem palmas.

Na nuvem de fumaça, ando ou flutuo (não sei mais), atrás de Rembrandt. Rostos vermelhos, lábios vermelhos. Despojado. As botas dos soldados batem no chão, perto de uma mulher sem chapéu que balança os seios fazendo-os dançar, fora de seu vestido. Um marinheiro com a pele tostada, os olhos perdidos no horizonte, anda de lado como os caranguejos no porto. Sua cabeça roça, sem ver, as redes dos pescadores penduradas no teto nas quais secam presuntos, queijos redondos com a casca vermelha, queijos verdes de caganitas de carneiro. Presos às vigas, eles secam e absorvem o sabor gostoso e o agradável cheiro da fumaça dos cachimbos cheios de tabaco holandês e ervas das Índias, que neles se escondem fazendo esquecer ou recordar.

Lavado, despojado, libertado. Amanhã o mais limpo dos homens. E a desgraça, por que não a aceitamos como um dom de Deus? Jó sofreu muito, perdeu tudo, a morte de todos os seus filhos, sempre sem se lamentar.

Tua mão sobre a minha. Coloco meu copo vazio na mesa. Como uma risada, tuas palavras pousam e passeiam na fumaça. À jovem que de mesa em mesa oferece uma garrafa, Rembrandt pede dois novos copos de genebra.

— O importante é ficar na casa que pertence a Titus, meu filho adorado, que te ama como uma irmã e como mãe, e Cornelia, a quem também ama como irmã. As paredes de minha casa me conhecem e conversam comigo. Elas falam dos raios de sol que, estação após estação, antecipadamente eu os adivinho. Falam de Saskia e de ti, das crianças engatinhando, dos pequeninos que tão cedo partiram, dos amigos que entraram em minha vida e dela não sairão.

Com seu pequeno nariz brilhante, olhos redondos, um criado sopra com suas gordas bochechas o prato de argila onde as brasas se avermelham e reacendem-se. Diante de cada fumante pergunta:

— "Mais um cachimbo? — Traz ao pescoço, como um colar, quatro pequenos sacos de tecido presos por um cordão fino. Inclina-se para ouvir o pedido, escolhe o tabaco nos saquinhos, faz a mistura na palma da mão em concha e a coloca no fornilho do comprido cachimbo branco. Aproxima as brasas, sopra até que o cachimbo do fumante cuspa a primeira fumaça.

Ephraim Bueno, que sempre fuma cachimbo no quarto de um empestado, não acredita que o tabaco cure a gota, os cálculos nem a insônia, mas que alivia a dor de dente e cura os vermes, isto sim. Faço caretas e rio. Sentada na ponta de uma comprida mesa de madeira, defronte a Rembrandt, observo, um por um, os homens e mulheres de nossa mesa que inspiram a fumaça de seus cachimbos. Acho que, no mesmo instante, ela sufoca os vermes em suas entranhas.

Rembrandt, inclinando-se para a frente, me diz:

— As paredes da casa falam dos anos vividos dentro delas, minhas noites de insônia quando, indo e vindo, cavava nelas minha sombra. Por um longo tempo elas ainda vão me contar a história dos quadros que escolhia pensando nelas, quase para elas, como se escolhe uma jóia para a mulher amada.

Novamente, a música do homem com seus tubos. As mulheres são tão numerosas quanto os homens, bebendo, fumando, batendo palmas e cantando, até sair do sério e se entregarem. Bêbada, minha vizinha de mesa ri sozinha, faz bolhas de saliva que explodem entre seus dentes. Duas mulheres com seios achatados perseguem entre as mesas um porquinho rosa e cinza; soltam gritos que esfolam os ouvidos, mais altos que os do porquinho. Elas são tão magras que se ouve até o barulho de seus ossos quando se chocam. É o que diz Rembrandt arrotando ao seu vizinho, um homem gordo que ri com a barriga.

Envolto em uma névoa, um pouco mais distante, só vejo os olhos e o branco dos olhos de dois homens de pele negra. Sei que eles vivem do outro lado do horizonte. Até esta noite, ainda não os tinha visto na cidade. Quando abrem seus grossos lábios, seus dentes brancos brilham, pensa-se que são por demais abundantes para suas bocas. O homem da música sentou-se com eles. Chama a garçonete, que carrega um jarro grande. A espuma cai do alto, uma fonte de bolhas brancas nos grandes copos dos dois homens pretos. Agradecem com a cabeça, a espuma torna seus lábios mais grossos antes de explodir em seus dentes, ainda mais brancos.

— Bem-vinda — diz o homem dos tubos —, bem-vinda à nossa bela cidade de Amsterdã, onde um negro vendido às Índias Ocidentais pode tornar-se um homem livre. Se ele consegue saltar de um navio que o traz da África, se sabe nadar por um bom tempo, poderá chegar ao porto. Um escravo que põe os pés no solo de Amsterdã é um homem livre. Nunca mais esses dois africanos serão escravos. A Holanda é o país da liberdade.

Os copos se tocam, ao sopro do álcool de bocas que repetem: "A Holanda é o país da liberdade."

Rembrandt olha mais uma vez para além da parede da taverna, mais longe da venda.

— É preciso um teto e o fogo das lareiras para as crianças crescerem, para os velhos envelhecerem mais devagar. Posso salvar a casa, devo salvá-la. As obras e os objetos alcançarão um preço mais alto que as dívidas...

— Tens certeza?

Não sei por que faço a pergunta. Ele falou com tanta segurança. Mas ao ouvi-lo, em minha boca seca, a língua saltou de medo. Rembrandt ri. Suas palavras tranqüilizam e seu pensamento continua.

— Atualmente, meus bens valem, pelo menos, duas vezes mais do que minhas dívidas. São tesouros todas essas obras, esses objetos preciosos que me fizeram feliz durante tantos anos. Não devemos nos apegar demais às coisas, do contrário são elas que nos possuem (como diz van Ludick). Apegarmo-nos ao prazer que nos proporcionam, mas não a elas. Já me deram tudo, o prazer está dentro de mim e lá ficará para sempre.

A tristeza já não é a mesma, vou fumar cachimbo. Neste instante, a mulher que ri formando bolhas de saliva entre os dentes ficou imóvel. Com a boca aberta, como se a vida para ela tivesse chegado ao fim. Eu não ouvia mais nada. Pensei que beber como nós bebemos esta noite é trair Deus. Amanhã conversaremos.

Depois de ter bebido o vinho de seu vinhedo, os filhos de Noé o encontraram nu em sua tenda. O mais jovem riu; foi amaldiçoado pelo pai, ele, seu filho Canaã e toda a descendência. É a prova de que Noé bebeu demais durante toda a sua vida. Lentamente, a mulher vomita em cima da mesa toda a cerveja e a fumaça. Na minha frente, os vermes enfumaçados de suas entranhas afogam-se no álcool bebido e vomitado.

Agradeço a Deus por nos ter guiado, sem a lanterna esquecida e sem cair no canal. Agradeço e peço Seu perdão; prometo não beber mais o álcool que nos faz perder a razão. Noé perdeu a razão, suas roupas e o amor de seus filhos.

Christian Huygens, o filho de Constantin Huygens, não olha mais os planetas no céu escuro com seu telescópio. Ele inventou o relógio de pêndulo. O tempo oscila.

O sucessor do doutor Tulp na guilda dos cirurgiões é o doutor Jan Deyman. À porta que dá para a Breestraat ele se faz anunciar por um cirurgião assistente. Rembrandt vê sua escolha como uma superstição: vinte e quatro anos após a lição de anatomia do doutor Tulp, o doutor Deyman obtém a mesma fortuna, o mesmo poder e também a imortalidade do doutor e regente Tulp. As lancetas do cirurgião cortarão a pele, a carne, os ossos e as entranhas do enforcado, Fleming Johan Fonteyn, ladrão que à noite entrou na loja de um fabricante de tecido, ameaçou-o com uma faca, mas não o matou. Ele será enforcado no dia 28 deste mês de janeiro. Ele sabe que, antes de ser ofertado frio e rígido aos vermes da terra, seu corpo será dividido em pedaços e que um pintor reproduzirá seu esquartejamento? Durante três dias o pintor vai observá-lo, desenhá-lo, traçar os vazios e as sombras.

A imortalidade consola, talvez, um ladrão de sua morte.

A casa está em nome de Titus, mas na escada ouvi Thomasz Haaringh dizer que os credores encolerizados moverão uma ação (sobretudo o conselheiro Witsen) e que isso poderá não levar muito tempo.

A tropa armada comandada por Judas avança. No Monte das Oliveiras, São Pedro, São Tiago e São João dormem profundamente. O estilete arranha o verniz escuro como se estivesse desenhando na placa de cobre. O anjo apareceu com Jesus em seus braços, sua boca tenta esconder a agonia de Sua alma triste até a morte. E Ele, agonizando, reza fervorosamente. Não o que Eu quero, mas o que Tu queres. Nos cheiros de tinta do ateliê, o suor de Cristo cai na terra como gotas de sangue. Os alunos rodam a prensa. O pesado cilindro range sobre o cobre.

Ornia resgatou para Jan Six a dívida de Rembrandt. Por quê? Por qual serviço prestado? Thomasz Haaringh não faz a menor idéia, nunca saberemos todos os segredos da cidade. Ornia pede imediatamente a regularização, ele é um dos homens mais ricos de Amsterdã, os mil florins e os juros que Rembrandt deve não afetarão sua fortuna. É para servir de exemplo? É uma questão moral? Ou então é a cidade, o regente Tulp? Talvez Tulp tenha pedido a Ornia o favor de livrar seu genro do último elo com Rembrandt, resgatando para Six esse papel. Com todos os seus agradecimentos. Mas não tenho provas da proscrição sem misericórdia do regente Tulp, nem da covarde traição de Jan Six; sem provas jamais acusarei a quem quer que seja.

Acordo, assustada, depois de três noites seguidas tendo o mesmo pesadelo, há muito esquecido. A carruagem dourada do regente Tulp galopa batendo forte com seus cascos nas pedras de uma ruela. Colada ao muro preto e viscoso, empurro, desapareço na escuridão; aprisionada nas pedras seria esquecida. Mas sempre as nuvens dissipam-se, sempre a lua cheia derrama em minha pele, minhas mãos e meu rosto sua luz branca e brilhante.

No espelho das águas do canal os navios chegam lentamente ao porto da cidade. Seus mastros, mais altos que as casas, desenham vagarosas sombras que delineiam os frontões. Os cascos dos cavalos galopam nos meus ouvidos e no fundo de minha cabeça.

Ornia recebeu seu dinheiro, os mil florins e os duzentos florins de juros do fiador de Rembrandt, o fiel Lodewijck van Ludick. Para que não te sintas constrangido e agradecido, ele pede o reembolso em quadros, à tua escolha, em três anos. Um homem de caráter, um amigo raro, dizes.

Mais uma vez o sofrimento dos moribundos ressoa na noite. Mais uma vez a peste mata em Amsterdã, vinte e dois mortos na semana passada no porto e no Jordaan. Ao limpar os canais da epidemia, os ratos também morrem. Os guardas da milícia atiram nos gatos e cachorros sem coleira que brigam nas ruas para evitar que os miasmas escondidos em seus pêlos infestem as casas da cidade.

Titus está com dezesseis anos. Para ele, em tempo de peste, todos deviam fazer seu testamento. Com a fatalidade tão próxima, a vida torna-se mais perigosa. Os tabeliães registram testamentos de manhã à noite e, às vezes, até tarde da noite. Titus, por precaução, quer que a casa fique em nome de Rembrandt. Senhor, tende piedade de nós, poupai-nos. Depois de suas preces secretas, andando de um lado para outro, Rembrandt concorda. A família Uylenburgh sem constrangimento gostará de ver seus bens acrescidos com a posse da bela casa, e Rembrandt e sua puta na rua. Titus não é mais uma criança, olho-o, e ao vê-lo já tão grande penso que também envelheci desde que o conheci. Despojados, lavados, todos nós envelhecemos.

As lágrimas lavam os pesadelos. A casa está vazia, minha cabeça, minhas lembranças. Eles vieram e levaram tudo. Os móveis, os quadros, as esculturas e as curiosidades presas em suas mãos abandonaram os cômodos da casa. Deixaram as camas, a concha e a bacia grande de cobre da cozinha, os talheres e os copos de estanho. No ateliê, dois cavaletes, telas besuntadas com cola de pele, pincéis, trinchas, os potes grandes de óleo de tomilho e de terebintina, os pigmentos azuis, o trabalho do pintor.

Levaram até o armário, meu armário, teu presente.

— Não podem fazer isso, não têm esse direito, ele é meu, não somos casados, não é dele, não é justo.

Um deles me olhou, seus olhos riam. Sua boca também ria quando falou:

— Terá que provar ao leiloeiro.

À noite, nos cômodos vazios ressoam teus passos. De um lado para outro percorres a casa, de um lado para outro no vazio.

Titus posa para o pai. Seu olhar é resignado e terno. O gorro vermelho em seus cabelos ruivos, o gibão e a peliça sem gola e sem punhos, uma corrente ao pescoço que diz: "Estou em volta do pescoço de um príncipe." Eu o chamo de príncipe. Um sorriso ilumina seus olhos: "Sou, porque meu pai é rei."

Depois que Cornelia foi dormir jantamos os três. Na casa vazia, o eco de nossas lembranças, nossos passos e cochichos. Em seu testamento, tendo como testemunha Abraham Francen, Titus legou tudo à sua meia-irmã Cornelia e a mim; tudo o que não tinha e a casa. A Rembrandt o usufruto, como um fruto suculento e doce. Os Uylenburgh estão preocupados com Titus, é o que eles dizem. Pedem que os vinte mil florins sejam depositados na Câmara dos Órfãos ou como pagamento de outras dívidas. Pedem a lista dos bens de Rembrandt e de Saskia, pouco antes de ela morrer. Os outros credores também querem as provas das cifras de seu testamento. Esperam um número de bens pequeno.

Não houve contrato de casamento com Saskia, essa falha esconde más intenções. Procurar, verificar, querem que Rembrandt encontre testemunhas e que elas apresentem provas. Custa realmente quinhentos florins um retrato pintado por ti? Pendurado em cima da lareira, na parede da esquerda, com a mulher à direita. Até aqueles fantasmas a cem florins, no fundo da tela *A mudança de guarda da companhia do capitão Frans Banning Cock*. As jóias presenteadas a Saskia, com seus belos dedos pesados sob os aros dos anéis e as lágrimas de madrepérola rendadas que balançavam em suas orelhas. Vais perder tempo, bem sabes, tuas pinturas serão perdidas.

São Francisco de Assis tinha trinta e oito anos quando morreu. Com tua pinça retiras um a um os cabelos de sua cabeça, e frisando-os coloca-os em seus lábios como a barba de um velho. De joelhos, mãos postas, ele adora Cristo. Adora-O na Cruz, na relva diante dele. O que vê nós também vemos. Paralisado no metal gelado o tempo pára. Após a visão, em instantes, o êxtase cravará as cicatrizes nas mãos do santo. Envelheceste mais de trinta anos. Os sofrimentos que transpassam o tempo ajudam-nos a ver e rezar com mais fé?

Cornelis Witsen foi eleito, entre seus pares, regente da cidade. No mesmo dia de sua eleição, o regente Cornelis Witsen retirou tua casa da Câmara dos Órfãos. A casa de Titus, meu amor. Agora, a Câmara dos Insolventes pode colocá-la à venda. A tua casa.

Com seu direito à preferência será o primeiro a ser reembolsado. Agora, Cornelis Witsen tem certeza de que receberá seus quatro mil florins (e cento e oitenta pelo direito de preferência). Longe de ti escondo minhas lágrimas ardentes. Observo-te atravessando a ante-sala vazia até a saleta das curiosidades. Vazia. De um lado para outro, caminhas no nada. Acordo no meio da noite, ouço tua respiração, teu sono pesado.

Não beberei mais como Noé o álcool do vinhedo, nunca mais irei a uma taverna. Mas viverei esses meses envolta numa névoa em que se misturam medo e lembranças. Teus bens não serão dispersos em uma só venda. Não é fácil separá-los de ti. Serão três leilões para os quadros e os objetos de arte, os desenhos e gravuras, a casa e sua mobília. Tudo o que apanharam, carregaram e levaram. Até teu ateliê, a casa, tua querida casa. Ela está lá, no fim da Breestraat, antes da ponte do Verwersgracht, não poderão deslocá-la, presa no frontão. Podemos continuar nela até a venda e por um longo tempo caso o comprador (não a pague de uma só vez) não regularize o preço total.

Três dias e três noites, Rembrandt não voltou para casa. Três noites te esperei no frio dos ladrilhos nus a rezar ao Senhor, pedindo tua volta o mais rápido possível, antes que eu morra, antes que teus encontros na taverna não fossem os piores, que não caias no canal sob o peso da genebra. Nas três tardes, fingi viver com Cornelia, dei pão aos cisnes, prestando atenção aos seus bicos que beliscam. Na terceira noite, na casa vazia e fria que ressoa até os cochichos de Judith, correste para mim, de joelhos dizias que querias esconder o cansaço e o sofrimento, perdão, perdão, repetias. Entre meus seios e minhas pernas, escondias teu rosto. Perdão. Acaricio os cachos de teus cabelos. As palavras são inúteis, só um tremor no fundo de minha garganta.

Eu não caí, só escorreguei. Ajoelho-me também. Engoli os perdões de teus lábios. Com os olhos fechados, nossos cabelos e nossas línguas se embaraçaram. É doce a tranqüilidade. Pousada em meu peito, tua cabeça rola e descansa em minha barriga. Tua morna respiração percorre o escuro. Caio, não, me sento, me estiro com as pernas abertas e levantadas; debaixo de meu vestido sinto teus lábios entre minhas coxas. Despojado. A cada movimento que faço com meus quadris, um rugido penetra em meus ouvidos. Como São Paulo, sei viver na abundância, sei viver na tortura. Noé bêbado, no dilúvio nos afogaremos. No mais profundo de nosso ser, lábios e salivas confundem-se, unidos pelo sal de nossos corpos.

Hendrick Uylenburgh foi recebido no Stadhuis pelo regente Tulp. Abraham tem certeza, a dívida dele à cidade de Amsterdã de mil e quatrocentos florins foi aliviada. Só resta a dívida de mil florins, o restante será pago com serviços prestados. Pergunto quais.

— Serviços artísticos — responde Abraham rindo —, trabalhos artísticos que Uylenburgh oferecerá à cidade.

Vou ao ateliê, olho o vazio e as telas acabadas que recendem a alho e sobre as quais brilha a tinta fresca. Coloco minhas mãos em teus ombros, massageio teu pescoço e tuas costas. Inclinas a cabeça para o lado, gentilmente tua face acaricia minha mão.

Deitado no cavalete, o morto tem as mãos maiores que os pés. Bem maiores. São as mãos de um ladrão, de um assassino. Maiores que os pés, no entanto, estão mais distantes, atrás, de cada lado. Entre as duas mãos do assassino, no lugar do ventre, um grande buraco negro. Só se vê a parte de cima, a de baixo está escondida sob um lençol.

A casa foi comprada por Lieven Sijmonsz, o fabricante de calçados, e seu sócio Samuel Geringhs por onze mil e duzentos e dezoito florins, dois mil florins menos do que não havias pago, mas que havias assinado há vinte e um anos. Não falei da cegonha que há tanto tempo levantou vôo e nunca mais voltou. Sei que tua casa valia o dobro, mas quem seria ainda capaz de acreditar que uma cegonha em cima de um telhado é sinal de felicidade? Sijmonsz só pagou a primeira parte. No dia 22 de fevereiro, Cornelis Witsen acompanhou Rembrandt à caixa da Câmara dos

Insolventes. Estava apressado, apressado para desfazer e esquecer seu erro (dizia ele no caminho). O caixa deu a Rembrandt quatro mil, cento e oitenta florins que, imediatamente, foram depositados nas mãos estendidas de Witsen.

Ao Senhor da terra e suas riquezas, o mundo e seus habitantes! Foi Ele quem criou a terra sobre os mares e a mantém estável sobre as ondas. Foi na mais negra escuridão da noite do dia 30 de janeiro que a grande inundação de Alblasserwaard rompeu os diques da Holanda meridional. Em todos os templos, todas as praças, sobretudo em Roterdã e Dordrecht, homens e mulheres cantam os salmos: Deus, salve-me, a água chega à minha garganta. Enterro-me num lamaçal sem fundo sem ter onde me segurar. Mais uma vez flutuam nas memórias os sinos das igrejas engolidos na grande inundação da noite de Santa Elisabeth, em 1472. Que Deus tenha piedade, que proteja a ilha de Roterdã. Não há água suficientemente forte que apague o fogo da cólera de Deus, que as lágrimas de arrependimento, vinho de Deus e alegria do homem, assemelham-se às gotas do vinhedo.

O martelo do leiloeiro Thomasz Haaringh bate na mesa: "Concedido." A palavra sibila até no fundo do albergue da Kaiserkroon onde se efetua o leilão. O sol atravessa de viés os vitrais claros do albergue, desenha linhas de poeira, aureolando os largos colarinhos e as rendas brancas dos ricos compradores. Deixei Cornelia com Judith e, de braço dado com Titus, que é mais alto do que eu, atravessei a cidade até a Kalverstraat. Procuro por Rembrandt, sei que estás aqui no albergue, escondido na penumbra.

O sol se põe por detrás da tempestade na paisagem de Hercules Seghers. O quadro estava na parede à direita do vestíbulo. Agora ele está na Kaiserkroon, arrancado da parede, separado da coleção, explodido como pólvora. Nos rostos enfileirados à sua frente,

Thomasz Haaringh procura os compradores e repete os baixos preços. Atrás da tempestade, o sol está prestes a passar para o outro lado da Terra. Um pouco antes da chuva e da noite, o céu retém ainda entre suas nuvens seu calor e sua centelha azulada.

Aperto a mão de Titus, caminhamos pela ala central. As cabeças agitam-se, espreitam as idas e vindas, tanto quanto as obras.

Trinta e quatro florins, bate o martelo. Não há ninguém para defender a sobrevivência da profissão. Se ainda fosse vivo, Hercules Seghers teria se enchido de genebra e se jogado do alto de sua escada.

Cem mil mortos, cem mil bocas, no seu último grito, afogadas. Nas torres das igrejas os ninhos das garças balançam na calmaria.

Logo ao me ver Thomasz Haaringh pede perdão com os olhos. Meu sorriso triste responde que não é sua culpa. Era uma noite de *hutspot*, na semana que antecedeu a retirada de teus quadros das paredes da Breestraat. Thomasz Haaringh nos diz:

— Será bom para todo mundo. Com os serviços artísticos prestados à cidade, todos poderão entender-se, evitando que os leilões sejam realizados.

A princípio não entendi, só quando Rembrandt riu.

O lençol amarelo-claro, muito grande para o sexo, esconde também as coxas e bastante as pernas. As plantas dos pés bem próximas mostram bem que Fleming Johan Fonteyn está morto. Sabe-se que um homem está morto quando não pula com a espetadela de uma agulha na planta de seus pés.

À sua direita e à esquerda do quadro, com a gola entreaberta no pescoço e respirando mal, o chefe da guilda, Gysbrecht

Mathijsz Calcoen, tem em sua mão um cadinho. Espera, segurando o cadinho. Talvez, com uma pinça, nele deposite um pedaço rosado do corpo do enforcado. Com a mão direita elegantemente voltada para o quadril, Calcoen, paciente, crê ser muito mais elegante que a morte exposta, abandonada.

Virando um pouco a cabeça para a direita, vejo Hendrick Uylenburgh, Jan Six e o regente Tulp. Atrás de mim, vozes amigas de Ephraim Bueno, Abraham e Daniel Francen lutando contra o silêncio, contra o complô; tanto quanto podiam, tentavam elevar os lances, não deixariam de expressar sua raiva ao assistir ao roubo das coleções de Rembrandt, vendidas por tão pouco. Numa fileira mais além, uma fisionomia sensata, enrugada, volta-se para outro lado, reconheço Constantin Huygens.

O regente Tulp dá seu lance antes de olhar à sua volta, com um olhar que parece dizer:

— Quem ousa depois de mim.

Jan Six e sua gorda mulher com bochechas vermelhas levantam o dedo e fazem um sinal com a cabeça; Hendrick Uylenburgh faz o mesmo, sempre além do que suas dívidas permitem. Será que ele compra tanto para outros? Está surpreso com os preços tão baixos? Ou já sabia? Minha respiração se acelera: será um daqueles que fizeram acordos, prestando aqui um serviço à cidade, um trabalho artístico, como dizia Thomasz Haaringh?

Por muito tempo ainda, os pescadores vão retirar do jarro salgado os *sprats*,[22] dentes, ossos e crânios.

O cansaço ou talvez a tristeza apagou o brilho dos olhos do leiloeiro. Procura, nos rostos que o olham, o comprador que

---

[22] Pequeno peixe do Atlântico, parente do arenque que é comido quase sempre defumado. (*N. da T.*)

cobrirá o lance. No silêncio, seus olhos procuram; no silêncio e nos murmúrios. Nas fileiras vozes se insinuam. Ouvi, terei compreendido bem? "Um assassinato." Cinqüenta e quatro florins, a Ressurreição de Cristo por Rembrandt. Os olhos tristes de Thomasz Haaringh. Sua mão direita bate o martelo.

Estavas lá, viste tudo. O ladrão morto com mãos de assassino dormia. Jan Deyman empunhou a faca, na claridade, com o polegar a experimenta. Depois ele a cravou no alto da testa, cortou em linha reta a pele raspada do crânio. Cortou a pele que estala, do começo até a nuca. Ao retirá-la de um lado e do outro, descolando-a com um pouco de carne (fina como a massa de *couck*[23]), sentiu agarrado à carne um pedaço de osso redondo e rosado. Quando a pele e a carne ficam muito coladas ao osso, ele dá pequenos golpes com a faca. Separa bem as duas metades, solta-as devagar, deixando-as cair de cada lado do rosto adormecido. Como um penteado de cabelos longos, a pele do crânio revirada cobriu as orelhas. Depois, a mão do homem segurou firme o cabo de uma serra.

Os murmúrios se tornam barulhentos. Os homens e as mulheres se olham, cabeças se voltam para um lado e para outro. Olhos me vêem e disfarçam; não gosto deles. Estão aqui para te roubar, meu amor, tua coleção vendida a preços tão baixos. Olham para mim, para Titus, outra vez para mim. Não baixo meus olhos, não viro mais a cabeça, penetro esses olhares, encarando-os. Sou eu, sou eu mesma, ladrões, bem perto de vocês, a puta de Rembrandt.

O mar está calmo. Do alto da montanha, Noé vê que a água está baixando. A água que afogou os pecados, engoliu as riquezas e lavou o álcool. E ao longe, onde o dique de Alblasserward

---

[23] Um *couck* é um crepe mais fino que o crepe francês, menos que um *blini* russo.

resistiu à força das ondas, o mar devolveu à terra um berço. Um bebê chora, balança o berço que não o embala. Lavados de seus pecados, os holandeses são crianças.

Sobre o estrado, dois jovens ajudantes vestidos de cinza trazem o armário. É o meu presente, o armário de madeira escura esculpida, com um friso de tulipas que, agora, está sendo descrito por Thomasz Haaringh. Quando o ajudante abre as portas para mostrar as prateleiras, a roupa de cama e as duas correntinhas de prata que fecham o armário, a porta esquerda rangeu. Sempre range. A puta de Rembrandt tem um armário que range.

O vaivém da serra parou e com ele a música da lâmina que brilha na claridade. Jan Deyman levantou a tampa da cabeça segurando-a sem saber onde colocar, naquele que estiver mais perto. Olhei o quadro diante de mim, mas no primeiro momento, não entendi. A tampa que o jovem segura com a mão direita é a tampa da cabeça do enforcado que dorme.

No ódio encontrei a coragem. Expulsaram-me da mesa do Senhor, roubam meu armário. Levanto-me, mais alta que o mar de cabelos e crânios rosados diante de mim; escuto minha voz. O armário é meu. Não é um dos bens de Rembrandt van Rijn.

Sob a tampa, a parte interna da cabeça do morto escalpelado é mole e rosada, o cérebro cortado em duas metades, como o bem e o mal.

Todos se voltaram para mim, lábios se abriram, não para sorrir, mas para arejar os pequenos ossos que trazem na boca, os únicos ossos que o corpo não esconde e que a maldade amarela. Reconhecem a puta. Sim, a puta está de pé. Com os dedos toca seus cabelos, toca a tampa da cabeça e repete que seu armário jamais será vendido, seria um roubo. À minha volta, atrás dos maldosos dentes, o ar que exalam tem o cheiro do inferno. É o armário da puta. Escuto minha voz mais alta ainda:

— É o armário. Meu armário.

No intervalo entre duas ondas, os gritos engolem os dentes. Pequenos ossos amarelos.

Titus segurou minha mão direita. Seu sorriso grave não me abandona. Alongo meu pescoço o mais que posso, olho firme para a frente. No estrado, o advogado Torquinius, administrador dos bens de Rembrandt escolhido pela Alta Corte de Haia, com a cabeça baixa, cochicha com Thomasz Haaringh. Minhas pernas tremem tanto que não consigo dobrá-las para me sentar. À minha volta, os colarinhos brancos flutuam. Mais além, no estrado, o leiloeiro e o administrador decidem o destino do armário da puta, das camisas de linho e de lã, e das duas jóias de prata que o fecham.

Será que o cérebro de um assassino parece-se com o de um administrador ou de um cirurgião? É bem verdade que o cirurgião Jan Deyman não examina o interior de sua própria cabeça. Seus dedos irão rasgar toda essa carne rosada e viscosa, escavar um grande buraco sobre os olhos que não enxergam mais, como fizeram no buraco escuro da barriga? Sobre a terra ensangüentada, Judas caiu, aberto ao meio, com suas entranhas espalhadas.

Aquele que segura a tampa da cabeça como se fosse um cadinho não olha para as mãos do cirurgião, não olha mais para a cabeça aberta do morto. Não, seus olhos tristes se perdem na podridão da barriga esvaziada. Segura a tampa como se fosse um pequeno prato, aguardando que nele o cirurgião coloque o cérebro pelo avesso.

Os dois ajudantes levam o armário que o administrador me restitui.

A luz aquece os rostos e as mãos do cirurgião e seus assistentes. A sombra em volta de cada um deles e suas roupas pretas espalham sobre o cadáver uma luz mais clara. Como na gravura do Cristo sendo colocado no túmulo, é da morte que nasce a luz que ilumina. A fisionomia do ladrão enforcado é triste. É a tristeza por estar morto. Se abrisse os olhos veria o grande buraco preto em seu ventre, a cor de sua pele, a transparência da morte, não mais brilhante, igual ao lençol que, como o Santo Sudário, cobre seu corpo. Cobre-o demais, como se suas pernas nuas fossem mais nuas e repugnantes que o buraco escavado.

Durante trinta anos, o espelho com a moldura de ébano, o espelho pendurado na parede do ateliê de Rembrandt, disse aos olhos que nele se vêem que eles envelhecem. E as estrelas rosadas que os rodeiam, suas ambições, e a pele que despenca. O espelho dos auto-retratos de Rembrandt van Rijn. O olhar de Thomasz Haaringh percorre a multidão, perde a esperança. Quatorze florins pelo espelho, no fundo do qual se encontram todos os olhos de Rembrandt, quatorze florins, alguns murmúrios.

As mãos do assassino não empunharão mais a faca, não estrangularão ternos pescoços. Os dedos rígidos e frios não procuram mais a música no ar. Sob a luz clara que atravessa sua carne nos dois sentidos, do interior para o exterior, de fora para dentro, a morte transformou-o em pedra. Duro como um túmulo. Sua morte aí está, aberta, a morte é pedra, como ele abandonada, o depois simplesmente. Aberto e escavado, na podridão, não conhecerá a ressurreição.

Surpreendo-me com a voz de Titus que começa a falar precipitando-se acima das cabeças que se voltam em sua direção. "Trinta florins." Titus mudou, esta voz não é mais de um garoto, e ainda não é de homem, esta voz que não reconheço diz, baixinho, só para mim:

— Para a sobrevivência de sua profissão.

Titus é belo, filho adorado por seu pai, amor de sua vida, querido anjo (sempre que posa é um anjo). Seu olhar é atento, triste quando fixa as coisas, as pessoas, os olhos de alguém; sabe, desde agora, que a vida traz sofrimento. Esse velho espelho roído pela ferrugem e por lembranças, esse espelho emoldurado de ébano no qual nenhum comprador viu os rostos de Rembrandt, Titus o compra com as trinta moedas guardadas por seu pai em uma bolsa e a ele confiada para reaver um bem tão precioso. Meu Titus, meu filho, meu irmão. Fala para mim:

— Quero este espelho agora. Eu o pago e o levo para casa.

Um ladrão transformou-se em pedra.

Golpes de martelo, na mesa, na tampa de minha cabeça. Na ala central, entre duas fileiras, Titus se dirige ao estrado. Cabeças que viram e desviram. Titus van Rijn, seu filho, sim é o filho de Rembrandt.

Uma escultura é apresentada aos compradores, oferecida aos ladrões. Duas crianças adormecidas talhadas em pedra branca. As mãos rígidas e frias estão mortas ou dormem? Se esse sorriso é da morte, a das crianças de pedra é tranqüila. Tímidas, as vozes dos ladrões quase não são ouvidas; a de Thomasz Haaringh mais sofrida.

Trinta anos após a inundação da Santa Elisabeth, os pescadores vendiam ainda aos dentistas os dentes pescados.

Titus, meu filho, meu irmão, Titus, de olhos e pele transparentes, traz com ele o espelho dos auto-retratos de seu pai. Pela ala principal, caminha ao meu encontro, apertando o espelho com as duas mãos em seu peito. Caminha para a porta no fundo da sala. O martelo de Thomasz Haaringh bate na mesa, as duas crianças adormecidas. Titus pára, os ouvidos e o corpo transtornados. Titus, o filho de Rembrandt; os olhares se voltam para ele e detêm o odor de sua respiração. Imundos, uma risca preta em seus colarinhos brancos.

Sobretudo os gritos das crianças.

É o cheiro. Sempre. Os rostos exalam um cheiro que se expande misturando-se no ar. Titus caminha, fica mais alto a cada passo. É a multidão e o cheiro. Os lábios se contorcem, as estrelas da pele explodem, os vermes azuis das mãos incham e se enroscam. E no meio do pescoço do enforcado, o traço preto de vida.

Titus caminha, lentamente olha à direita e à esquerda. Murmúrios, ele vira o rosto. Passo a passo, de fileira em fileira, o espelho passeia pela sala. Por um instante ele guarda a imagem refletida antes de engoli-la no lodaçal de seus vícios. A luz clara esmaga os colarinhos brancos. Denunciados, os sorrisos dos desdentados se afogam na espessura do espelho.

Não houve choque, não houve barulho. Fixei o quadrado de vidro, nele só via os rostos pintados por Rembrandt, hoje dispersados. Nos primeiros retratos, tu não te amavas, escondias na sombra dos cachos de teus belos cabelos o contorno de teu rosto jovem e inquieto. Pintor dos notáveis de Amsterdã, altaneiro conheceste a glória, no teu pescoço um escudo ou uma corrente de ouro. Depois, as primeiras traições da vida, pequenas mortes, grandes dilacerações, olhar sombrio, rugas e sulcos em tua pele. Mas sempre o olhar fixando o espelho até do outro lado, no mundo onde as lembranças deixam marcas.

Neste retrato inacabado (trabalhas com o pequeno espelho sem moldura) no qual, falido e despojado, sentado ereto em um trono, que se supõe pelos grossos encostos para os braços, vestido com tecido dourado, roupa de rei, a gola bordada com pedrarias, com uma das mãos, negligente, seguras uma bengala com castão de prata. Não sorris, mas não estás triste. Sério e tranqüilo, neste homem, neste rei, vê-se a sabedoria. Teus olhos cansados de tudo que viu e ouviu brilham ainda. Julgas de frente quem te olha e cobiça teu quadro e, através dele, os outros (todos os presentes ao roubo no leilão), e àqueles que ainda não nasceram, mas que serão notáveis como seus pais, geração após geração, de século em século, todos iguais. Sem beleza e bondade, a alma gelada.

Não houve choque, nem barulho. Titus caminhava pela ala central. Os murmúrios se calaram. Refletidos no espelho, todos os que se encontravam sabiam que o jovem ruivo era o filho do falido. As palavras prendiam-se aos lábios e esperavam o fim do silêncio. Como se todos, um minuto antes, já soubessem o que aconteceria. Como se, ao ver todos esses cabelos e crânios cor-de-rosa, todas essas nucas com o traço preto do enforcado, esses rostos pousados em seus colarinhos (tão sólidos como um prato de porcelana branca da China), já soubessem que todos entrariam e se afogariam no espelho.

Nem choque, nem ruído, Titus caminha. No completo silêncio, o ar que ele corta ao meio é mais pesado, seus passos mais lentos. Sem choque nem ruído. Sem motivo e lentamente. Como um mar ao amanhecer que de repente se fende, a superfície do espelho ganhou vida. Menos brilhante, um suspiro talvez, apenas um gemido, um dilaceramento. Entrecruzando-se, as imagens estilhaçaram a superfície, cada pedacinho separando-se uns dos outros, caquinhos cortantes que apontavam para nós. Sem o vaivém da serra, descolando suavemente os ossos da cabeça, a pele rachada dos rostos, estáticos no ar, caiu no chão reproduzindo um som metálico. Creio no Espírito Santo. Olhares apagados, dentes sorrindo, sem nada compreender sobre a superfície gelada. Estupefatos, calaram-se. Constantin Huygens estonteado, a cabeça de Jan Six se fundiu em um líquido espesso, Hendrick Uylenburgh, no meio de um pequeno quadrado do espelho, olhou para si mesmo antes de procurar seu reflexo, enlouquecido por não o haver encontrado. Nos mil estilhaços do espelho que explodiu, o regente Tulp só teve tempo de juntar os lábios antes de ver a decomposição de seu rosto.

O enforcado, petrificado, gritou antes de se afogar.

O amor de Cristo nos une, só um morreu por todos nós e todos serão mortos. Os que julgaram Rembrandt, sua vida e sua pintura, os que não perdoaram sua liberdade, viram, hoje, suas almas se perderem do outro lado do espelho.

Titus não se mexe. Olha a seus pés um tapete de folhas prateadas, restos de pele, sangue coagulado. Olha no buraco da moldura, como o morto com seus olhos da alma, o buraco de sua barriga vazia. Titus, olhar ardente, agarrado à moldura de ébano, Titus que não sabe mais colocar um pé na frente do outro. Levanto, meus lábios esboçam seu nome. Mas uma enorme sombra surgiu, envolvendo-o, um rei vestido de dourado. Rembrandt saiu do recanto atrás da coluna que o escondia. Abraça Titus com todo seu amor, mais forte e seguro, porque sabe que nunca estará sozinho.

O pai apóia e guia seu filho até a porta dos fundos, para o sol mais além. O pai e o filho, perdidos num mundo ao qual não se assemelham, juntos e sozinhos. Thomasz Haaringh se cala, toda a assembléia se cala. Sem perceber levanto-me e corro atrás deles que se distanciavam. Eu também, não me deixem, eu os amo. Nas minhas costas, os murmúrios recomeçam e se cruzam. O martelo de Thomasz Haaringh bate na mesa e ressoa na minha cabeça.

A morte é pedra, a morte é cor-de-rosa. Dez anos, vinte anos, em relação ao tempo de Deus, cada morto não é nada. Cada insignificância morre. Uns após os outros ou todos juntos na explosão da fábrica de pólvora de Delft. Piedade para todos nós, amor, poeira e o que restar. Os ossos, os dentes e teus quadros.

15 de dezembro de 1660

*N*esse 15 de dezembro de 1660, Titus van Rijn, assistido por seu pai como contratante, e Hendrickje Stoffels, assistida por um conselho escolhido por ocasião de um outro contrato, compareceram e declararam que fariam o comércio de pinturas, artes gráficas, gravuras em cobre e madeira, como também tiragens, objetos curiosos e todos os outros objetos, o que já haviam começado juntos há dois anos, as mentiras sempre me fazem rir, depois as entendo. Thomasz Haaringh disse que o comércio de artes e objetos não deve ser recomeçado e não tem futuro. Dois anos apenas após a falência, os preços roubados da venda e das dívidas ainda não pagas, todos entenderiam a mentira. Negociar, saber o que pode agradar a este ou àquele, olhar o comprador nos olhos e ousar nos preços, há dois anos, nem agora, eu não saberia.

e desejam continuar enquanto o abaixo assinado Rembrandt van Rijn viver, e durante seis anos após sua morte, de acordo com as seguintes condições. A neve cobriu a cidade, faz um frio que levanta até os peitos das feiticeiras.

— A seriedade no comércio é uma prova de verdade — disse Thomasz Haaringh, impossível não assinar por Rembrandt. Meu amor, estou com frio, perdão, quero morrer antes de ti.

O tabelião Nicolaes Listingh releu o contrato. Entre o bigode e a barbicha, vêem-se apenas os dentes inferiores. Na ponta de seu nariz afilado balança uma gota transparente que brilha no tecido preto de seu gibão. Meus olhos não a abandonam, vai cair, espatifar-se em cima do contrato, sobre um traço de tinta que, então, afogará um nome.

É verdade, gostaria de morrer antes de ti, viva eu me renegaria. Olho o sorriso de minha filha, tão pequenina, precisa de sua mãe. Quando vais à cidade comprar pedras coloridas e essência de áspide, quando Titus sai ou passeia com Cornelia ou ela dorme, quando fico sozinha em casa lavando, passando, arrumando ou cozinhando, sem ter com quem falar ou escutar, os números se reencontram. São sete casais de animais e sete casais de pássaros do céu que Noé colocou em sua arca. O sete e o nove. Não são crendices do campo, assim como eu Ephraim Bueno também tem medo. Nove, a perfeição do último número, sete o preferido de Deus, o fim e a ressurreição. Eram sete os leões no fosso de Daniel, libertado no último dia. No campo e na cidade, todo mundo conhece o climatério da vida, sete vezes nove, sessenta e três. A cada ano nos aproximamos dele, conto os anos. Daqui a nove anos terás sessenta e três anos. Aquele que dobrar o climatério viverá muito.

Antes de tudo, os bens mobiliários que os já citados Titus van Rijn e Hendrickje Stoffels adquiriram, só em nossa pequena casa conto as cifras, lembro-me dos sofrimentos e da morte. Aos poucos, me habituo. Na cama de nosso quarto, a vida ainda morna parou para ti; choro agora tua ausência, daqui há algum tempo, para sempre. A voz das paredes contam a história da vida, a criança e minha idade, mas nada consola o tédio de todos os dias sem tua presença. Às vezes chegas bem cedo, com a cabeça baixa escondo meus olhos vermelhos, gostaria de morrer antes de ti.

A cada vez que a gota vai se desprender da narina esquerda do tabelião, onde balança, com um fungar seco ele a aspira, novamente ela entra em seu túnel.

nos quais investiram desde o início, móveis, bens imobiliários, quadros, objetos de arte e de curiosidade, Titus e eu investimos, a mentira faz rir, compreendi bem: se Rembrandt não os possui mais, ninguém poderá tirar dele o que não tem e nunca terá.

Durante dez dias, todas as noites, Abraham Francen e Thomasz Haaringh vieram à nossa nova casa no Rozengracht. Três cômodos onde a vida torna-se menor, mas, todos os dias como na casa grande, cozinhar (*coucks* e rabanete), dormir e, sobretudo, cuidar para que nada atrapalhe teu trabalho. Todos os dias, quando não chove, levo Cornelia para brincar no outro lado do canal, em um parque do Labirinto; acho que o bairro do Jordaan é bom para as crianças. Rembrandt e seus dois amigos em volta da pequena mesa, à luz tremeluzente das velas, e a pena de Thomasz Haaringh correndo.

assim como o aluguel e outras despesas já pagas, assim farão e continuarão de agora em diante, igualmente. Mentira, o dinheiro gasto com a família na Breestraat e que, atualmente, é gasto no Rozengracht vem sempre da venda de um dos quadros, ou de um objeto da coleção de Rembrandt. As camas-armários onde agora dormimos, os pratos de estanho onde comemos, o cavalo de madeira de Cornelia, os castiçais de ferro e cobre, mesmo a chapa para aquecer o ferro de passar roupa, tudo pertence a Rembrandt, tudo é nosso (solidariamente), porque jamais um de nós ficará com alguma coisa só para si. Mas um contrato deve ser escrito, mesmo com quem nunca o faríamos. A pena de Thomasz Haaringh arranhava e reescrevia.

Louys Crayers, tutor de Titus nomeado pela Câmara dos Órfãos, acha que atrás das mentiras se escondem verdades, vê outras mentiras além das escritas e que são ditas hoje pelo tabelião. Admira o amor fiel de Titus por seu pai, mas não percebeu a adoração e o medo de Rembrandt em relação a seu filho.

Louys Crayers não assinou junto com Abraham Francen e Thomasz Haaringh, e não foi este dia ao escritório do tabelião. Não viu o quadro no cavalete, a luta de Jacó com o anjo. Um homem rola com ele na poeira, até o raiar do dia. Nos quadros, o anjo é sempre Titus, com seus longos cabelos dourados, seu rosto e seus olhos doces. Deus não tem nome, o anjo enviado por Deus não dirá seu nome a Jacó. Mas o pincel de Rembrandt colou duas asas transparentes em seu ombro que Jacó verá, como nós, se assim Deus o quiser. A perna direita do anjo e a mão esquerda pousadas na cintura do homem mostram sua força, mas a mão direita acaricia sua nuca, ternamente nela se apóia. Louys Crayers não viu as asas de Titus.

E quando a luz ilumina a doçura de um rosto, com o hábito e o capuz de um monge, sob o pincel de Rembrandt, é ainda Titus, o anjo, que é o santo.

No frio escritório, com suas paredes escuras e os vitrais sem claridade, sentamos, Rembrandt no meio, Titus à sua esquerda, eu à sua direita, diante do tabelião Nicolaes Listingh do outro lado de sua pequena mesa de madeira clara. À minha direita, Jacob Leeuw, à esquerda de Titus, Frederik Hedelbergh e as duas testemunhas. A gota transparente brilha no nariz do tabelião, *suas contribuições à empresa, em particular as que o abaixo assinado Titus van Rijn conservou como seus presentes de batismo, suas economias, ganhos pessoais e outros depósitos.* As mentiras desenrolam-se em nossa presença. Titus, meu filho, meu irmão, de teu batismo só tens a medalha de ouro de tua mamãe, nenhum ganho pessoal, nem economias ou outros depósitos. Ainda não. Louys Crayers aguarda, quer provar a veracidade do testamento de Saskia.

Há um ano, no escritório do mesmo tabelião, as testemunhas deram seu depoimento. Anna Huirecht e seu marido Jan van Loo (cujo irmão, Gerrit, se casou com Hiskia, irmã de Saskia) assinaram, diante das testemunhas, que eram amigos bem próximos de

Rembrandt van Rijn e de sua mulher Saskia. Têm conhecimento e a certeza dos bens de Rembrandt antes da morte de sua mulher, e depois sozinho. Duas enfiadas de pérolas, a maior para o pescoço e a menor para o braço. Duas pérolas em forma de pêra, um anel com um grande diamante, dois brincos de diamante, seis colheres de prata, um livro de orações com incrustações em ouro, um prato e uma garrafa de prata, e outras coisas que eu esqueci.

Jan Pietersz, o negociante de tecidos, e Nicolas van Cruybergen, o preboste, assinaram o pagamento de cem florins cada um para serem pintados por Rembrandt van Rijn, no meio da guarda da companhia de Frans Banning Cock. Se o tabelião contar o número de cabeças e a mais cara, a de Frans Banning Cock, saberá quanto o pintor Rembrandt van Rijn recebeu, em 1642, por esse quadro.[24] E Abraham Wilmerdoux, diretor da Companhia das Índias Orientais, lembrou-se também de ter ele pago, no mesmo ano, quinhentos florins por seu retrato (e sessenta pela tela e a moldura) a Rembrandt van Rijn.

Rembrandt sai do ateliê, passeia pela cidade, são semanas muito cansativas (sempre que não está pintando). Ouço teus pesados passos na escada; em meus braços fechas, enfim, teus olhos; faço perguntas, poucas respostas; os detalhes são, de modo geral, desagradáveis.

A pedido de Louys Crayers, Lodewijck van Ludick testemunhou, por sua vez, como íntimo da família na Breestraat e de ter conhecimento dos bens de Saskia e Rembrandt. É verdade que van Ludick é da família, como se isso significasse ser fiel à família. (Fiador de Rembrandt, ele deu o dinheiro a Ornia sem o menor constrangimento.) Lembrou-se também, e assinou, de que os bens do já citado Rembrandt van Rijn valiam, no período entre 1640 e

---

[24] Eram dezessete os personagens a cem florins e, bem mais caro, o de Frans Banning Cock.

1650, a soma de onze mil florins. E que os quadros em poder do já citado Rembrandt van Rijn, nessa época, alcançavam a quantia de 6.400 florins. Todos esses números podem ser aumentados, nunca reduzidos. Lembro-me bem dos números registrados e da soma dos dois: 17.400 florins. Nada mais foi dito, para que serviria? Todos os que, mais tarde, tomarem conhecimento do testemunho de van Ludick se lembrarão dos três mil e noventa e quatro florins correspondentes à venda, em leilão, das coleções de Rembrandt van Rijn. Um roubo, um assassinato. Despojado meu amor, salvo de tua bondade.

Após ter assinado e deixado o escritório do tabelião, van Ludick veio a Breestraat. Como amante da beleza diz reconhecer, nas paredes da grande casa vazia, os fantasmas dos quadros pelas marcas deixadas nas paredes. Então, na moldura empoeirada de um espelho desaparecido, me vi, fantasma de uma outra vida, bem no fundo de meus olhos vermelhos.

O lucro de cada uma das partes equivalerá à metade dos ganhos, porque tudo foi comprado com a venda dos presentes de batismo, as economias e ganhos pessoais de Titus van Rijn, filho do falido. A assinatura comprovará. E os quadros de Rembrandt não dizem o contrário: sua ternura, sua vida ligada ao filho.

A pintura acentua as sombras. Titus traz em seus cabelos o capacete de Alexandre o guerreiro. O quadro é dourado e vermelho. No metal brilhante do grande escudo redondo o jovem conquistador tem gravado seu rosto majestoso e a esperança de batalhas futuras. Talvez as lições de Aristóteles que esquecerá em sua ânsia de lutar e, quiçá, por seu destino breve.

Já há dois anos o homem de bom gosto e culto dom Antonio Ruffo, rodeado de livros em sua biblioteca, admira Aristóteles diante do busto de Homero. Ele hesitava entre o desejo de possuir um retrato de Homero e um de Alexandre que Aristóteles, seu mestre, traz em um medalhão. Havias começado o retrato de

Titus; gostas de pintar seu olhar distante. Quando Isaac Just traduziu a carta vinda da Sicília, Titus tornou-se imediatamente Alexandre na tela. À volta de seu rosto, costuraste três outros pedaços de tela, pintaste o capacete e o escudo. Retrato feito de amor, para um homem de bom gosto e culto.

e assumirá a metade das perdas da empresa e se comprometerá em boa fé e confiança, sem quadros, sem objetos de arte e curiosidades, sem móveis, salvo as camas, o armário e um cavalete. Ficamos mais de um ano na Breestraat, os quatro e Judith que não queria nos deixar, nos abandonar, murmurava no vazio. O comerciante de calçados, não tendo ainda regularizado sua dívida com a Câmara dos Insolventes, não podia morar na casa.

Mas teu trabalho exige tranqüilidade e modelos. E quando as cegonhas retornaram aos telhados da cidade deixamos a casa vazia, o vazio entre as duas moradias. Foi Abraham Francen que mora no Jordaam quem encontrou a casa do Rozengracht. Ajudados por Judith e seu marido, o tintureiro, nos mudamos com nossos últimos bens. Isolados em nosso passado, sem nos dar as mãos, na esquina da Breestraat com o canal, olhamos para trás. Quatro sombras achatadas que se alongavam e se prolongavam na rua como se fossem se desprender de nós e ficar imobilizadas, após nossa partida, à sombra da casa. Mais uma vez olhamos para trás, várias vezes ainda ao atravessar a ponte sobre o Verwersgracht. Prisioneiros de nossas lembranças, mesmo Cornelia, não nos olhávamos. Sobretudo não perceber as lágrimas do outro; elas nos fazem chorar. Só Judith soluçava baixinho.

Cada um supervisionará os lucros da empresa e os favorecerá, utilizando-os nesse firme propósito. As palavras giram entre os dentes do tabelião, meu amor, tu sorris, logo cessarão as mentiras. Lentamente, tua calma invade o escritório, lentamente recomeço a confiar em ti.

No entanto, já que os dois necessitam de ajuda e assistência em sua empresa e no comércio que a ela se refere, a pessoa mais indicada nesse caso é o citado Rembrandt van Rijn, que concordou em conviver com todos os outros interessados, em ser alimentado gratuitamente, isento de toda despesa doméstica, bem como a locação, sob a condição de ajudar seus pares em qualquer situação, na medida do possível, e de encorajar a empresa. Alimentado gratuitamente meu amor, morar e comer, isento de todas as despesas da vida, no dia-a-dia, tudo está escrito, não possuirás mais nada. Não, resta tua arte, teu trabalho, tua liberdade perante os credores.

É verdade, meu amor. Titus e eu necessitamos de tua ajuda e de tua assistência, com tua arte e mesmo com sua comercialização. Ninguém será o mais indicado para encorajar a empresa. Vontade de rir e de chorar, nem sei. Pronto, as palavras não giram mais, eles decidiram. Quem acreditaria? *O citado Rembrandt van Rijn ouviu e aceitou essa cláusula do contrato.* Nicolaes Listingh range os dentes. A gota vai cair. Tem certeza de que Rembrandt ouviu e aceitou, ele mesmo redigiu a frase com Thomasz Haaringh.

Rembrandt van Rijn, o célebre pintor de Amsterdã, não possui nada. Graças à caridade de seu filho e da puta que dorme com ele, tem um teto e é alimentado gratuitamente. Em troca, aconselhará a empresa no comércio de arte. As mesmas palavras, as mesmas frases, todas as noites, há semanas, repetidas até a assinatura.

Todavia com a condição de que o citado Rembrandt van Rijn não tenha nenhuma participação na empresa e não possa reclamar móveis, bens imobiliários, objetos de arte e curiosidades, instrumentos e outros já relacionados e que poderão ser encontrados em sua casa, a qualquer momento, aos quais os pares citados terão o direito legal perante quem tentar uma ação legal contra o citado Rembrandt van Rijn. Que ninguém venha mais bater à porta, aos gritos, enfurecido, querendo tomar de Rembrandt van Rijn, o falido, o que ele não possui e jamais possuirá. Agora o credor enraivecido e batendo os pés irá estremecer os gonzos da porta da Câmara dos Falidos, da desolação ou dos insolventes, da porta do tabelião ou de algum regente. Nenhum credor terá mais nada de Rembrandt.

Os três, de cabeça erguida, sem nos sentirmos envergonhados, confiamos um no outro, e acreditamos que a lei existe para ser aplicada, talvez também para servir aos que a conhecem: tabeliães e leiloeiros, aos que prestam serviços artísticos à cidade, aos que ganham a vida negociando dinheiro, poder e as leis, como os regentes Tulp, os Jan Six, os Uylenburgh e os Constantin Huygens. Todos os que, sem constrangimento, compraram as coleções do falido seis vezes abaixo do preço real.

E o abaixo assinado Rembrandt van Rijn tendo admitido, recentemente, cessio bonorum, *razão pela qual perdeu todo direito sobre seus bens e deveria ser penalizado.* Eis por que o possível aconteceu; quem ousará desaprovar a lei, desobedecer a lei? *reconheceu ter recebido das partes contratantes abaixo mencionadas, a saber, de Titus van Rijn a quantia de novecentos florins e de Hendrickje Stoffels oitocentos florins, cada uma dessas quantias destinadas às necessidades e à alimentação, comprometendo-se a reembolsá-las, respectivamente, logo que ganhar o que quer que seja com sua pintura.* Alimentado gratuitamente, poderias ter tentações entre as refeições. Poderás comer, vestir-se, comprar telas, pedras, pós e óleos essenciais ao teu trabalho (tuas necessidades). Não terás de dar explicações dos florins em teus bolsos quando fores à cidade. Titus van Rijn e Hendrickje Stoffels que têm economias e ganhos pessoais sabem que o dinheiro se ganha, o dinheiro se empresta a juros, nunca é dado, principalmente, o de dois associados a um falido. Agora que tudo foi dito, tornar crível a frase severa depende da palavra de Thomasz Haaringh. Oitocentos e novecentos florins foram quantias escolhidas aleatoriamente. Com menos zeros chegam a mil florins, representam o esforço dos que fizeram doações e a seriedade das palavras a elas relacionadas. Quem acreditaria?

Diante do espelho colocaste em tua cabeça, sobre os cachos dos teus cabelos, teu gorro de veludo preto. Teu nariz fica mais rosado no frio, mas esses dois anos de falência e de tempo perdido não cavaram nem incharam teu rosto (não como o meu). Tu que sabes como nossos mortos nos envelhecem, tu que conheces o verdadeiro sofrimento, ao ver teu retrato percebo que a mudança em tua vida não deixou marcas. Tuas coleções não te possuem mais.

A gota na ponta do nariz vai cair. *Como caução das duas quantias acima mencionadas, o já citado Rembrandt van Rijn transferiu e cedeu aos já citados Titus van Rijn e Hendrickje Stoffels todos os quadros e lucros obtidos quando pintados em sua casa,* uma segurança a mais, sempre serás nosso devedor, de Titus e de mim, sempre e em primeiro lugar. Quanto aos outros que forem colocados à venda, os ladrões de teus bens se engalfinharão.

Sei que é teu olhar e tua bondade, mas se meu último retrato fosse um espelho, me meteria medo. Querias, talvez, uma prova; aí está o que fazeis, o que fizestes à minha mulher. Como uma confissão, ouço a cada pincelada o perdão que me pedes. Meu amor, não é tua culpa; foi este último ano, as injustiças, as noites curtas e frias no vazio da Breestraat, o leite, os arenques e a cerveja morna que, às vezes, aquece. É uma tristeza pesada que inclina minha cabeça sobre um pescoço intumescido. A pele amarelada, os olhos que perderam o brilho olham para uma onda bem próxima, mais perto e mais baixa que o horizonte. Os dedos inchados são de mãos que lavam com água fria. As bochechas menos redondas, pesadas e achatadas caem formando um segundo queixo. Os lábios cerraram-se em um silêncio sem sorriso.

Por detrás de nossa porta fechada, a paz retornou ao teu cavalete, recuperas o tempo pintando quadros como nunca, e eu farei o melhor que puder para o teu bem, de Cornelia e de Titus.

Novamente juntos vamos rir porque a vida é a melhor coisa que conhecemos.

Não escuto nada, esta leitura é longa, inútil, tediosa. Rápido, uma pena para assinar. Um contrato é uma prisão; lendo-o, quem encontraria confiança e afeição? Nicolaes Listingh aspirou a gota antes que ela se descolasse e saltasse em cima das palavras dos notáveis. *Os três signatários prometem cumprir rigorosamente os termos exigidos de cada um deles, agir irrevogavelmente e sem transgressão,* tudo foi dito e escrito, não escuto mais nada, *garantindo sua individualidade e seus bens, de acordo com o direito e as leis.* Vesti meu vestido vermelho e branco; durante horas posei perto do poço com meu balde, sobre o qual fiquei sentada, o braço esquerdo dobrado sobre uma mesa. *Decretado de boa fé na cidade abaixo mencionada.* Quando um homem me pergunta se pode beber, demonstro minha surpresa que um judeu peça água a uma samaritana. Os judeus não falam com os traidores da Samaria. Cristo responde, se ela O tivesse conhecido, ela é que teria pedido e Ele lhe teria dado a água viva, uma fonte que jorra eternamente. Depois, para que ela reconhecesse Aquele que sabe, Jesus lhe disse o nome dos cinco homens de sua vida, aquele que a tem, mas que não é seu marido.

Decretado na presença de Jacob Leeuw e de Frederik Hedelbergh, testemunhas, e os signatários, excluindo a mim e o tabelião, foram assinadas as minutas.

Por fim, o silêncio. Rembrandt, meu amor, apanharei para ti durante toda minha vida a água no fundo do poço para que nunca tenhas sede. Há anos que o tempo passa muito rápido, dinheiro, tabeliães, e as listas te privam de tuas pinturas. Tranqüilos, nos olhamos. Nossa porta doravante será fechada, eu te protegerei, a ti e a tua obra. Mas o bem que ainda posso te oferecer não é nada comparado com a água viva e a vida eterna que me ofereces a cada dia, há doze anos. Jesus falou com a samaritana (que com seus cinco homens e sem marido, não é uma puta), pedindo-lhe que avisasse aos habitantes da cidade que o Messias chegara.

Nicolaes Listingh coloca as mãos sobre as três folhas do contrato. Fica nos olhando, um a um, procurando demoradamente nossos olhos e fixa-se em Rembrandt. Seus lábios mais uma vez se abrem, será que alguém quer mudar ou acrescentar alguma coisa? As cabeças balançam respondendo e Rembrandt pronuncia um não bem tranqüilo. Enquanto a resposta de Rembrandt penetra nos ouvidos e no cérebro cor-de-rosa do tabelião, a unha de seu dedo do meio esfrega a ponta do nariz. Primeiro, ele a sacode, depois esmaga a gota, sem se aperceber. A mão úmida segura entre três dedos a pena pousada sobre a mesa, mergulha-a no tinteiro de estanho; no meio do seu gesto, pára, espreita o ar.

— Sabes, Rembrandt van Rijn, que teus credores te condenarão, bem como a cidade, porque um homem que não paga suas dívidas é sempre malvisto. Muitos compradores não baterão mais à sua porta.

Ouvi teu suspiro.

— Já paguei e várias vezes, eles sabem disso. Não tenho escolha, é meu tempo e meu trabalho que tento salvar.

Abraham Francen e Thomasz Haaringh também disseram a mesma coisa, os ladrões ousarão julgar o falido que não paga suas dívidas. Titus havia feito as contas, tendo sido roubado seis vezes pagaste tuas dívidas em dobro. Só queres agora pensar nos quadros que desejas pintar e nas pinturas para a Grande Galeria do Stadhuis. Govaert Flinck foi escolhido, eleito por Joan Huydecoper, para pintar os doze quadros, a mil florins cada. Ele teve tempo de fazer os doze desenhos, doze vezes contou a coragem dos batavos,[25] sua revolta contra o invasor romano. Depois,

---

[25]Em suas *Histórias* Tácito conta a história dos batavos. Em 1610, dois autores holandeses, Scriverius e Grotius, a desenvolveram insistindo na analogia entre o patriotismo dos primeiros habitantes da Holanda (século I a.C.) e dos holandeses do século XVII.

deitou-se com febre e, em dois dias, morreu aos quarenta e quatro anos. Tuas lembranças eram tristes. Em teu ateliê, Govaert Flinck, absorto nas guirlandas de folhagens e flores, sabia trabalhar minuciosamente as sombras. Creio no julgamento de Deus, mas não falo alto.

O tabelião te dá a pena com a tinta escura. Mostra a todos a última folha do contrato. Todos da Guilda de São Lucas esperam a comissão das pinturas. Contaste doze quadros, os pintores capazes e os que ainda são, no Stadhuis, amigos de tua arte. Tudo aconteceu antes de nosso contrato e de tua nova liberdade, antes da cólera dos ladrões. Acho que sabias se fosses perdoado no Stadhuis, na Terra, serias, com certeza perdoado no Céu.

Entregas a pena a Titus. Confiantes, nossos olhos encontram-se. Titus segura na parte de cima da pena, com curvas bem desenhadas, risca o papel. Depois, te devolve. Olhas para mim. O momento é sério, dizem teus olhos preocupados. Teu rosto, teu corpo inteiro me sorri. A folha escorrega em minha direção. Embaixo das linhas escuras do tabelião, sob os belos arabescos da assinatura de Titus van Rijn, teu dedo aponta onde devo assinar tua liberdade. Apóio a pena na folha. Faço dois traços que se cruzam, minha assinatura, uma cruz. O segundo traço é mais longo, se o Salvador tivesse sido crucificado nela, a madeira teria ultrapassado suas mãos.

Depois Rembrandt van Rijn desenha os belos traços arredondados de sua assinatura. Tomando sobre Ele nossa maldição para nos salvar. Sobre minha Cruz, sob meus olhos, eu O vejo, pendurado na madeira, por nós Ele sofre, por nós Ele morre. As duas testemunhas, Jacob Leeuw e a grande curva que contorna seu nome, depois Frederick Hederbergh segura com firmeza a pena quando ela chega até ele. O Salvador não está mais aqui. Livre, Ele ressuscitou, e a cruz fixada para sempre no papel. A cruz desenhada por Hendrickje Stoffels, ovelha do Senhor, expulsa de Sua mesa. A vida eterna jorra da água viva que Ele oferece. Por fim, o tabelião Nicolaes Listingh assina as minutas. Cristo não é mais humilhado. Ele não sofre mais. A Cruz abençoada por Seu sangue, ressuscita dos mortos. A Cruz está nua.

24 de julho de 1663

O Senhor propôs: três anos de fome, três meses de derrota perante seus adversários, sob os golpes da espada de seus inimigos, ou então, durante três dias a espada do Senhor. E a peste no país.

Davi rapidamente escolheu:

— Que eu caia nas mãos do Senhor porque sua misericórdia é grande, mas que eu não caia nas mãos dos homens.

O Senhor enviou então a peste a Israel. Em três dias matou setenta mil pessoas.

A misericórdia de Deus é grande, mas a peste é a epidemia do Maligno. A culpa é do cometa cabeludo que atravessou o céu há duas luas. Agora, é a chuva e o transbordamento das águas, o nevoeiro, a invasão da terra e da água pelos gafanhotos e os sapos.

Os primeiros contaminados são sempre os que comem muita carne. Porque com a contaminação do ar, ela apodrece, envenenando o corpo que a digere. Quando ele não a vomita ou não a cozinha bem, o mal o invade.

Os primeiros a adoecer são, também, os que têm muitos vermes e os que se deixam dominar pela tristeza, pelo medo e pela cólera. É o que Ephraim Bueno chama de humores negros. Aparecem na lua cheia. Por essa razão a peste começa sempre na lua cheia. É também nessas noites que ela mata mais.

Depois que se instala, domina tudo. Substitui a vida. De repente, esquecemos como era antes, como se não tivéssemos vivido outra vida, como se a cidade só conhecesse a peste. As lembranças apagam-se por trás dos cheiros e dos gritos. Por essa razão, devemos sempre rememorar para não morrer de peste sem recordações.

E quando, dia após dia, a peste continua a apodrecer a vida e as pessoas, tem-se a impressão que ela não vai desaparecer nunca. Talvez, depois que tiver matado todos os vivos.

Desde os primeiros dias, quando apareceram os primeiros mortos, descasquei quatro cebolas. Enterradas na terra, em um canto escondido do pátio, elas absorvem a podridão da casa. Após dez dias, já infectadas, serão trocadas.

Durante mais de dois anos, entre o contrato e a peste, Rembrandt só pintou. Queria recuperar o atraso dos quadros e outras pinturas que desejava pintar, foi o contrato e a paz da nova vida. Antes de trabalhar o dia inteiro no pequeno cômodo que chama de ateliê, caminha uma hora ao longo dos canais que sobem e descem em cada uma das pontes do Jordaan. Cruza com belos rostos, olhares verdadeiros como ele diz, monges, Cristos, apóstolos. No rosto do mendigo, encontrou o velho poeta grego. Por um florim, pão, alguns arenques e três copos de cerveja, ele vem posar para Rembrandt até o anoitecer.

Depois da mudança, Judith não trabalha mais para a família Rembrandt van Rijn, nem na limpeza de outra casa. Está trabalhando como cozinheira em casa de dois comerciantes do Keisersgracht. Quando não sai do trabalho muito tarde, no caminho para casa bate à nossa porta. Coloca em cima da mesa a esponja encharcada com vinagre que protege sua boca e seu nariz dos perigos do ar. Joga dados com Cornelia. Fala baixo para não incomodar. São mais de duzentos mortos. Os notáveis deixam a cidade mais cedo, para mais longe, e ficam o maior tempo possível no campo, onde possuem propriedades. Lá onde o ar enevoado é carregado de miasmas. É o que diz Ephraim Bueno, Rembrandt acredita, além disso não tem vontade de deixar seu ateliê. Entre a epidemia e a melancolia do campo, prefiro ficar na cidade. Para onde iríamos, até quando, com que dinheiro? Nós quatro nos protegeremos, saberei como.

Todos os dias o mendigo subia a escada. Gemia a cada passo. Ele é Homero, Homero vive. Seus olhos opacos viram demais. As palavras saltam de sua boca desdentada; seu rosto assustado por uma visão talvez. Suas mãos soltas no vento contam histórias. Sentado ao seu lado, olhos arregalados atentos aos lábios e à visão do poeta, o jovem escriba escreve. A vida dos homens é a guerra, o amor, o cavalo de Tróia. Do veneno ao presente, dizia Titus.

Isaac Just vem nos visitar. Quer ver o retrato de Alexandre, o Grande já terminado, sem o cheiro de pena de galinha. Dom Antonio Ruffo é um homem de bom gosto e culto, muito paciente também. Há seis anos pagou a metade dos quinhentos florins pelo quadro, Rembrandt não estaria precisando de dinheiro? Isaac Just é sensível ao período difícil da vida de Rembrandt, a falência, a mudança de casa. Sabe do amor do pintor pelo retrato de Titus Alexandre e a perfeição incansavelmente procurada no trabalho sempre recomeçado, percebe a beleza e o orgulho de Alexandre no brilho de seu escudo e no dourado da tinta. Mas gostaria de voltar outro dia, quando Rembrandt já tiver assinado o quadro e com a caixa para transportá-lo.

— Diante de Homero que recita para o jovem escriba — diz com firmeza — dom Antonio Ruffo irá gostar muito do quadro.

Para Judith, o azougue na avelã não será o bastante para proteger dessa nova peste. Aguarda uma nova receita. Para me fazer rir, cochicha: o segredo de uma feiticeira. Ela conhece também o segredo de Alexandre, o Grande. É na teia de uma aranha encantada que os miasmas se prendem: o ar em volta purifica-se. Fazer um círculo com o pó do chifre de um licorne e colocar a aranha no meio. O pó do licorne encanta a aranha que não sairá do centro do círculo. Alexandre, o Grande gastou muito dinheiro na caça aos licornes, animais solitários que vivem no deserto, nos confins das Índias Orientais.

Nesses anos difíceis de nossas vidas, conheceste teus verdadeiros amigos. Procuravas a bondade, a bondade que transparecia nos rostos dos moradores do Jordaan; nos olhares, na ternura, na generosidade sem fingimento, na alma.

No Rozengracht, os modelos que admiravam tua bondade diziam que se sentiam felizes ao posar para Rembrandt van Rijn. Eu servia o queijo e a cerveja.

"Um olhar de apóstolo." Teu sorriso é triste, nem mais nem menos que antes. Bem espessa, espalhas a tinta na tela. Os rostos esculpidos pela vida e pela bondade, sentados diante de seus manuscritos, eles seguram uma pluma ou rezam de mãos postas. São eles Simão, Bartolomeu ou Mateus. Em suas costas, Titus murmura para Mateus palavras de anjo.

Lodewijck van Ludick sempre vinha nos visitar e ia embora levando um quadro, um apóstolo. É seu trabalho de negociante, mas é sobretudo por amizade. Calado diante dos quadros, ele os olha por um bom tempo, de longe depois de perto, de longe novamente, admirando-os. Fala de seu amor por tua arte e de sua indignação com o mau gosto atual. O comércio não se recupera; é a nova guerra contra Portugal, o medo dos ricos, que já se tornou um hábito, de perder seus bens. Esse temor destrói a bondade, o riso, a necessidade do belo e da moral. Isso já antes da peste.

Dia e noite, em frente de cada casa, enormes tochas queimam o ar de Amsterdã. Queimam os miasmas do ar. Nas ruas sem sombras, suas chamas denunciam também os semeadores da peste. São os enviados do diabo. Fabricam um ungüento com o pus de seus tumores. Com uma bolinha desse veneno escondido na palma da mão em concha, eles untam a aldraba da porta da casa escolhida. São também ladrões, escolhem as casas onde vão disseminar a epidemia, visando à riqueza de seus moradores. Mas existem também os ladrões dos pobres, os semeadores da peste na Dam e no Jordaan. São os primeiros a saber se a epidemia entrou na casa escolhida. Depois espreitam, escutam os gritos, sobretudo à noite. Quando em seu leito de dor, os moribundos não esperam mais nada (dementes, nem mesmo a morte), os semeadores da peste roubam. Nunca se distanciam para que outros ladrões não entrem antes deles.

Com van Ludick e Isaac Just, esperas a decisão do Stadhuis a respeito das pinturas para a Grande Galeria. Os regentes não estão com pressa. A cada ano, entre sorrisos e mentiras, votam. Até o ano seguinte, esse comércio de acordos afasta um do poder e o oferece a outros. As pinturas da Grande Galeria não são a única ocupação dos regentes, mas podem ser motivo de discordâncias e humilhação para o inimigo. É o poder acima de tudo, o poder e o dinheiro. Só as duas primeiras comissões foram ouvidas, só dois pintores escolhidos. Lodewijck diz que Lievens e Jordaens não atrapalham. Lievens sabe agradar a todos e também dá aula de desenho para o filho de Cornelis Witsen. Não é que eu não compreenda, mas as histórias de poder são todas parecidas e tediosas.

Na frente das casas, as tochas queimam a peste. Podem também incendiar as casas da cidade. Os baldes e as escadas estão sendo vistoriados, de casa em casa, como medida de proteção, perto da água do canal. Duas ou três vezes por semana, logo que as primeiras línguas de fogo aparecem, ouve-se o cacarejar das matracas. Chamam de má fé. Todos acorrem, menos aqueles que já não podem mais.

Até a chegada de Aert de Gelder, Titus era teu único aluno, a única ajuda em teu ateliê. Quer ajudar o pai para que o tempo não deslize rápido sobre a obra de Rembrandt. Trabalhavas tanto, horas e horas, que já não sentíamos mais cheiros. Manhãs inteiras, antes de preparar as telas e as tintas, Titus cozinhava em banho-maria a pele e os ossos de coelho em fogo forte com um dente de alho e a pena de galinha, óleo de linho e de cravo. Certa tarde, o vizinho Andries, que é oleiro e divide a parede de seu quarto com nossa casa e nossos odores, bateu à nossa porta. Quer saber se (agora e para o resto de sua vida) dormirá e acordará na cozinha do diabo. Mesmo sabendo que o bode que ele mantém na sala dos fundos mistura seu cheiro com os nossos, nada respondemos. Existem alguns bodes na cidade, muitos acreditam que o mau cheiro que exalam afugenta os miasmas da peste. Imagine, alguns bodes em Amsterdã. Se o oleiro estiver com razão, os miasmas que entram em nossa casa serão expulsos pelos seus cheiros.

Ephraim Bueno e Abraham Francen chegam para jantar. São amigos que ainda aparecem. Trazem alguns *couks* e melaço para a sobremesa. Sabem que não comerão mais no Rozengracht o *hutspot* ou o guisado de melão que ficavam cozinhando horas na cozinha da Breestraat.

É a amizade, Abraham mora no Jordaan, mas Ephraim tem de atravessar a cidade da peste, tapando o nariz com um lenço molhado com oxicrato vermelho misturado com água-de-rosa. Depois dos rabanetes fritos e do queijo de Edam, enquanto os *coucks* estão esquentando no fogão, tira do bolso seu saco de tabaco dourado e alguns cachimbos brancos, novinhos. Pergunta se gostaríamos de fumar. Abraham e Titus não fumam. Mesmo agora com a peste agradecem. Rembrandt, que havia trabalhado até a noite, já se sente enfumaçado. Será o bode do vizinho? Ele olha suas mãos manchadas de tinta de todas as cores, como se ainda sentisse o cheiro.

Sério, Rembrandt diz a Ephraim.

— Não são piolhos, não são pulgas. Talvez os miasmas da peste deslizarão também sobre os óleos colados em minha pele?[26]

Ephraim enxuga os olhos que ardem com a fumaça que ele solta, que sobe e hesita no teto. Olha, não ri, nem mesmo sorri. Com o cachimbo no canto da boca, fala com o outro lado:

— São mais de quinhentos mortos de peste em Amsterdã.

Isaac Just chegou com o carregador. Rembrandt e Titus enrolam a tela de Alexandre, o Grande longamente trabalhada, amada e já seca. Com a pintura para o lado de fora, eles a enrolam devagar, protegendo-a com um pedaço de tela virgem. Toda vez que um quadro deixa o ateliê e vai para a parede de um comprador, com a ponta dos dedos que o pintou, que lhe deu vida do nada (de uma tela virgem, das bisnagas coloridas e da luz que te ilumina), Rembrandt o toca de leve, com os olhos fechados. É uma prece, deseja-lhe uma longa vida e, talvez, um adeus. Sabe que ele nunca irá à Sicília.

Depois enrolam a tela de Homero ainda não terminada. Espera que Ruffo goste e satisfaça o desejo de ver Aristóteles, Alexandre e Homero pendurados na parede de sua biblioteca.

---

[26]Mais uma "frase premonitória" de Rembrandt? A peste, as pulgas, os óleos...

Quinhentos florins cada tela. O custo da tela, da moldura, da caixa e da embalagem, do transporte até Texel, de navio, o seguro de 10% sobre o preço do quadro até Messina e baldeação em Veneza, tudo por conta do comprador. O carregador fecha a caixa.

Para expulsar os miasmas é preciso, em primeiro lugar, desalojá-los do ar parado do verão. O bater e o repicar dos sinos ressoam no ar, agitando-o, por um longo tempo.

Talvez tenham escutado o carrilhão, talvez tenham adivinhado sua liberdade próxima. Os vermes alimentados pela serragem em seus túneis (cada um tem o seu) roem e expelem seus dejetos, cada vez mais rápido, até o fim. Viviam como uma pequena tropa nas trevas da madeira, mas nenhum deles sabia, nunca receberam ordens.

Pela manhã, a charrete rola nas pedras do calçamento da cidade. O encarregado das sinetas badala sua chamada, longa e triste como o apelo da coruja: "Livrai vossos mortos." Ao longe é ouvido, principalmente pelos que têm um cadáver em casa de noite e que, em suas janelas, desde o amanhecer, esperam a sua chegada.

Das janelas dos andares caem, dentro da charrete, os corpos cinzentos dos mortos recentes, corpos retorcidos como madeira podre, pulando em cima de outros pedaços de madeira retorcida dos mortos daquela noite, misturando-se uns com os outros, longos braços e pernas emaranhados (os braços dos mortos são mais compridos do que os dos vivos). Quase sempre os empestados morrem nus. Antes de morrerem, eles queimam de febre, sentem muita sede, transpiram muito, e ficam dementes, não toleram um lençol, um pedaço de tecido sobre a pele em fogo, não suportam mais nada.

No teu retrato, no espelho com sua velha moldura de ébano, reconheceste o apóstolo Paulo. Sob sua testa marcada por rugas profundas, seu olhar é puro, quase inocente. Parece dizer que vive bem na abundância e nos momentos difíceis, mas sob seu turbante branco e sua peliça gasta pelo frio, ele sofre. Suas mãos escondem-se para se aquecer, visíveis apenas quando seguram as Epístolas. E seus olhos assustam-se por ter ainda que sofrer.

Tenho medo. A peste torna a vida mais perigosa. Tenho medo por todos nós, por ti e por tua obra que não desaparecerá contigo. Os doutores agora já sabem, Abraham Francen tem certeza de que os mortos da peste foram dissecados, cortados ainda fétidos e, no entanto, nem o cirurgião nem seu assistente foram contaminados. É a prova de que a peste passa de um empestado para outra pessoa pela respiração. Um morto não respira mais, sobretudo um morto de peste.

Dezesseis anos, olhos ardentes, botões juvenis na testa, na face e no queixo, Aert de Gelder deu um passo à frente. Cresceu muito rápido e é muito magro. Olha para seus tamancos que oscilam e quebram a neve fina da manhã. O vento traz uma poeira de neve para dentro de casa, mas não posso fechar a porta antes de ele dar o segundo passo.

Chama Rembrandt de mestre, fala baixinho e os botões ficam mais vermelhos. Os outros alunos também usavam a mesma palavra, mas sorrindo. Talvez mestre Rembrandt fosse mais moço, menos gordo e menos pesado, talvez não tivesse ainda sofrido todos os aborrecimentos da vida. Certas noites, ao falar dele, dizes que ele ajuda muito, porém quer te agradar demais e só copiar.

Titus pergunta a Rembrandt se ele já viu outra pintura feita por Aert. Fala que com sua gentileza ele é sempre bem-vindo, e que um aprendiz no ateliê pouparia tempo a Rembrandt. Ele poderia viajar, comercializar nossa arte (sorrio). De barco iria a Delft, Haia ou Roterdã. Para vender ou comprar, sobretudo vender a amadores ou a negociantes de gravuras, mostrando o talento do gravador Rembrandt van Rijn.

Trago sempre comigo, pendurada ao meu pescoço, a avelã cheia de mercúrio, esperando pela nova receita de Judith. Deus é justo. Diante da justiça divina, todos rezamos pedindo a vida eterna. Nos três primeiros domingos da peste, todos, de joelhos nos ladrilhos gelados do templo, com nossas roupas de cetim, seda ou algodão, rezamos com fervor, pedindo a Deus Sua misericórdia que é grande. Depois de três dias de peste em Jerusalém e setenta mil mortos, o Senhor olhou e aflito disse ao anjo exterminador: "Basta."

Os que fizeram o bem ressuscitarão para a Vida, os que praticaram o mal ressuscitarão para o Juízo.

A peste mata multidões. Quando se instala em uma cidade, é só a peste, desaparece a multidão. Atrás dos lenços que recendem a vinagre e água-de-rosas, evitamos nos encontrar. Após as três primeiras semanas acabaram-se as preces, a ida ao templo, à Bolsa, ao mercado, a cidade parou. Nada se vende ou se compra, tudo transporta os miasmas: os tecidos, as peles, os legumes e as frutas, a carne e os peixes, o dinheiro e o ar que respiramos, tudo é perigoso. Os pobres que não morrem de peste morrem com queimaduras na barriga e de fome. Os ricos que não abandonaram a cidade ficam enclausurados o maior tempo possível, no meio das imensas provisões que o dinheiro comprou.

A venda de legumes na praça Dam foi proibida. Os verdureiros vendem sua mercadoria nas portas da cidade. Nas bancas de madeira cada um se serve, as peles não se tocam. Não compro os pepinos, os rabanetes, nem as cerejas pretas que carregam a peste.

O vendedor conta com os olhos as moedas de prata em minha mão, uma a uma ele as deixa cair dentro de uma vasilha cheia de vinagre. Sob os olhos do vendedor, já dentro do vinagre, conto moeda por moeda. Com a cesta cheia e pesada, no sentido contrário ao de nossa casa, atravesso metade da cidade com a esponja encharcada de oxicrato no nariz.

Fechados atrás de seus muros, cada um se protege dos miasmas. A cidade não existe mais. As escolas fechadas, até o parque do Labirinto onde Cornelia aprendia a ler, escrever e a contar. Titus agora ensina o que ela aprenderia na escola, melhor e mais rápido do que o professor.

Christian Huygens inventou o manômetro. Um manômetro pesa o ar e os gases. Pergunto se ele pesa também os miasmas. Abraham não sabe dizer.

Apressado, caminhando sobre as pedras da cidade, como uma lepra vermelha no rosto, o médico que trata dos infestados se esconde com sua esponja. Mantendo-a esticada e um pouco à sua frente, a varinha branca anuncia a sua chegada. Nas casas infectadas, vozes chorosas o chamam. Diante dos doentes moribundos, executa os mesmos procedimentos de todos os médicos da peste: mais rápido que a natureza abre os tumores para que o veneno seja expelido.

Entre duas casas, entre duas tochas, no silêncio, espera o chamado. Mudei meu itinerário, não tem doentes em nossa casa, fujo para bem longe dos miasmas que o médico espalha de tumor em tumor.

Gostas de procurar, procurar a vida, buscando as mesmas respostas (dizes) nas transparências das pessoas. À medida que a pele e a carne envelhecem, mais se deixam penetrar. De tanto pintar os velhos, acho que envelhecerás mais depressa. Teu sorriso é cada vez mais doce e mais triste. Teu amor pelas pessoas pesa como o tempo que as devasta, inchando, avermelhando e amarelando. Van Ludick sabe tudo a respeito da fortuna de Jacob Trip: negocia com o ferro da Suécia, o salitre da Polônia que se transforma em pólvora para canhão, com os bancos que emprestam aos reis. A fortuna dos Trip é incontável. Contudo, não gastam.

Não se deve gastar, é o que dizem os lábios cerrados, o olhar como uma lâmina e o cabeção de Marguerite de Geer,[27] bem achatado e alvo, que não está mais na moda desde o final dos anos 30.

Na casa dos Trip vende-se pólvora para canhão, mas a mulher usa o mesmo cabeção desde sua juventude, comprado uma só vez em toda sua vida. Toda sua vida se estrangula no cabeção duplo e duro de sua juventude. Ela nunca se enganou, o prato em volta de seu pescoço é a prova. A vida é um conjunto de regras de conduta aprendidas e admitidas desde a infância. Seu cabeção é sua moral. Limpo e branco apesar dos anos, endurecido como suas certezas.

No entanto a vida palpita ainda nessa carne amarela que o sangue de suas veias não colore mais. Bem perto da morte que ela encara de frente tentando repeli-la. Ainda há vida no rosto de Jacob Trip que, por detrás de teu pincel, se apaga com uma expressão nova de bondade (a da dúvida e do medo), cujo retrato terminarás após sua morte. Morte revelada pelo sofrimento nos olhos vermelhos e fundos de Marguerite de Geer, por ter acompanhado a agonia de seu marido. Revelado, sobretudo, pelo lenço em sua mão direita, prova de que em seu peito ela ainda sofre.

Por causa de Cornelia, Rembrandt, Titus e eu, durante nove dias Judith não apareceu na casa do Rozengracht. Seu marido morrera na epidemia. Ela não deixou a casa onde morava, ao

---

[27] Quando a mulher é mencionada independentemente de seu marido, usa-se o seu nome de família (assim, Marguerite de Geer é a mulher de Jacob Trip).

contrário de suas duas vizinhas no Bloemgracht, que se mudaram. Para ficar perto do marido, acendeu velas, nas chamas colocou arruda, sarmento do vinhedo e cânfora. Durante três dias respirou o mesmo ar que ele, mas sempre com o lenço e seu bom vinagre. Ela não foi contaminada. Dia e noite, a todo momento, com a mão sustentando a nuca de seu marido, abria seus lábios e o ajudava a beber. Não nas últimas horas. Até o silêncio total, não entrou mais no quarto. Não conseguia mais ouvir o ranger dos dentes, sentir o cheiro e o barulho.

Judith ficou. Se uma mulher abandona o marido que foi contaminado pelos tumores, os vizinhos fecharão a porta e as janelas de sua casa até o silêncio total. O abandonado morre sozinho e trancado, após dias de terror, de sede e demência. Se o marido abandona sua mulher, se uma mãe ou um pai abandona o filho doente, sempre se fecham essa porta e janelas, deixando lá dentro os miasmas. Em outras cidades, a família toda do doente (até os que não foram contaminados) é trancada em sua casa-túmulo. Os vizinhos ficam atentos, e ao primeiro sinal do completo silêncio, a porta e as janelas são abertas. Não podem perder tempo, um corpo morto pela peste tem mais vermes e se decompõe mais rápido.

Ephraim Bueno nos presenteou com um bom vinagre. Rembrandt lava a boca todas as manhãs com o oxicrato misturado com água-de-rosas, meio a meio. É o remédio contra a peste e também para dor de dente e da gengiva.

De sua janela Judith chamou o encarregado das sinetas. O corpo morto de seu marido foi jogado sobre os outros maridos, dentro da charrete. Queimou a palha de sua cama e as peles, junto com alguns ratos, vivos ou já mortos. Na época da peste morrem mais ratos e homens.

O encarregado da ventilação das casas foi até a casa de Judith, sem que ela o chamasse. A cidade tem os profissionais da peste: atrás dos tabeliães, os arejadores seguem, de longe, os médicos da peste. De longe, ao ver a vareta branca fica sabendo a casa que deve ser arejada. Ele trabalha muito na época da epidemia. Se não morre em conseqüência do enorme perigo a que se expõe no seu trabalho, após a peste não tem muito o que fazer. Ele areja, vasculha, lava as paredes com vinagre, perfuma com ervas, cânfora e seus segredos a casa de um empestado.

Algumas noites, em seus pesadelos, Judith o esperou. Seus dedos procuravam seu corpo, tocava de leve a parte interna da coxa, debaixo dos braços, no pescoço, atrás das orelhas; tremiam ao encontrar o ponto para onde se direcionam as flechas de Deus. Depois, esfregou seu corpo, seu rosto e a boca com vinagre. Pergunto se ela gostaria de reconhecer os tumores e acompanhar seu marido na charrete para não ficar sozinha. Com os olhos vermelhos, ela abaixa a cabeça.

Dom Antonio Ruffo recebeu a caixa e as telas. Mandou uma carta para Giovanni Vallembrot, cônsul italiano em Amsterdã. O cônsul traduziu a carta para Isaac Just, que a entrega a Rembrandt van Rijn. O negociante critica Rembrandt em favor de um homem rico e poderoso. A voz de Rembrandt, a resposta de Isaac Just, Rembrandt fala com firmeza, Isaac Just responde mais alto. Dom Ruffo descobriu que o retrato de Alexandre o Grande foi pintado em uma tela na qual foram presos três outros pedaços.

— Ele não descobriu nada — diz Rembrandt —, eu não quis esconder nada.

Dom Ruffo alega e escreveu que a pintura sobre a costura vai rachar e se desprender da tela.

— Não existe melhor cola de pele, melhores óleos que os usados no ateliê de Rembrandt van Rijn. Minhas pinturas jamais racharão e atravessarão os séculos.

Ruffo gostou do retrato de Homero ainda não terminado, seu rosto que revela os anos já vividos. Isaac Just pensa que Rembrandt possa reparar as falhas no retrato de Alexandre. Certamente não quer desagradar nem perder seu colecionador, homem culto e de gosto apurado.

Dom Ruffo devolverá os dois quadros a Rembrandt. Quanto ao retrato de Alexandre, o pintor poderá fazer os reparos necessários ou pintá-lo novamente. Do contrário, terá de devolver o dinheiro, os duzentos e cinqüenta florins já pagos. O quadro de Homero e o escriba, ele o quer, mas não pelos quinhentos florins, só paga a metade.

A peste enlouquece os doentes, torna-os perigosos e alucinados. Desconfio daquele que vem em minha direção, lá longe, à margem do mesmo canal. Os que aparecem com os tumores e ainda não estão com febre deixam a cidade porque odeiam Deus e os vivos. Homens e mulheres abraçam e beijam os que encontram em seu caminho, esfregando o pus do tumor que acabou de rebentar na pele daquele a quem Deus poupou. Gritando como porcos degolados, os corpos se contorcem e lutam (sobretudo se o tumor era na virilha ou no pescoço). Os doentes enlouquecidos expiram sua podridão, infectam todos os orifícios com suas línguas que fazem a careta do diabo. Ao acaso, nos canais, escolhem aqueles que alguns dias depois deles serão jogados na vala comum.

Antes da peste os miasmas instalam-se. Antes de atacar os corpos, deixando-os arder de febre, eles enlouquecem os homens. Sem tumores, dom Antonio Ruffo era um contaminado pela peste do poder; de Messina na Sicília até Amsterdã, ele viajou dentro de sua carta.

As paredes da casa tremeram, as mãos do oleiro tremeram, todos no Rozengracht ouviram o rugido do leão. Tua resposta foi rápida e sem discussão, Isaac Just fingia não entender a cólera em tuas palavras. Realmente surpreso, acrescentas:

— Se o quadro receber uma iluminação correta os pedaços presos à tela maior não serão vistos. Posso pintar outro Alexandre, por sua conta e risco, mas mantenho o preço do Homero em quinhentos florins. Às suas ordens. Espero vossa resposta.

Dom Ruffo leu a resposta de Rembrandt e diz ter compreendido sua cólera. Reconhece que o artista tem seus direitos, sua criação exige recursos, como os acréscimos na tela. Dom Ruffo gosta do Alexandre, vai colocá-lo em sua biblioteca com a iluminação correta. O retrato de Homero, apenas começado, viajará de volta, do sul para o norte. Com tempo e pelos quinhentos florins terminarás tua pintura.

É preciso matar os gatos e os cachorros. Todos os gatos e cachorros sem coleira e sem dono que perambulam pela cidade.

Dom Antonio Ruffo fez subir um humor negro em tua cabeça. Para mim o tempo é precioso e Deus não deveria deixar que os endinheirados roubassem o tempo dos artistas. Um artista trabalha para seus contemporâneos, o que ele produz vale mais do que o tempo de sua curta vida na nossa grande terra, mais que todo o dinheiro amealhado pelo homem endinheirado nesse mesmo espaço de tempo.

A carta de dom Ruffo me causou também uma profunda irritação. Mas só tenho trinta e quatro anos; foi por ti meu amor que me senti tão abalada. Faltam seis anos para completares sessenta e três anos. Sete vezes nove, sessenta e três, o ano do climatério. Ano perigoso, todo mundo sabe, todos têm medo. Quem ultrapassa o climatério viverá por muito tempo.

Gritei. Pela primeira vez em quatorze anos. Titus ouviu meu grito. De medo. Não são os dentes ou os olhos furiosos, são os pêlos que escondem os miasmas. Titus não trará para nossa casa todos os gatos e cachorros sem coleira encontrados nas ruas da cidade. Eles ou eu. Não verei morrer os que amo, também não morrerei para salvar os animais peludos. Partiremos, eu e Cornelia, desapareceremos ao pôr-do-sol, pequeninas figuras no fim do canal, longe dos miasmas da peste escondidos nos pêlos dos gatos e cachorros da cidade.

Rembrandt colocou a mão no ombro do filho e ambos se afastaram. Quando saí do quarto, os animais peludos não estavam mais na sala dos fundos. Titus também não. Teus braços apertaram-me contra ti. Teu hálito cheira a vinagre, todos nós recendemos o vinagre da peste. Titus voltou antes do anoitecer.

Ephraim não toma a água da cidade e nos aconselha a fazer o mesmo. Os miasmas afogam-se, mas não morrem. No fundo dos canais eles matam ainda os ratos. Entre duas baforadas com seu cachimbo, só bebe cerveja. Depois de beber a boa, morna e escura cerveja, Abraham diz que a peste mata os bebedores de álcool (todos os seres vivos bebem), se não for a epidemia, o álcool os matará. Ephraim não ri. Olha, ao longe, a luz das tochas que dançam no céu de Amsterdã. Já são mais de mil mortos.

Os homens roubam teu tempo, a peste rouba o ar e a luz. Não posso fazer nada. Todos os dias tenho de inventar uma nova refeição, lavar a casa, observar Titus que já olha para as garotas e faz Cornelia rir, que ouves seu riso, e que queres que todos os dias eu te beije. Em meus braços, nos meus seios, queres te esconder do mundo que perdeu a bondade e a moral. Queres que em cada beijo eu diga o quanto sou feliz ao teu lado; as palavras desaparecem e minha boca aberta te engole.

Um doce suspiro, nenhuma surpresa. A mesma pele, o mesmo calor, a surpresa está no desejo que nos invade. Como se procurasses, apesar do tempo, queimando em mim, meu amor, meu longo grito. Depois de tanto tempo, o único homem, sim, eu te encontro. Mais devagar. Sempre nossos olhos se encontram, sempre a mesma surpresa, aqui, agora, sob a mesma luz.

Os ratos não gritam, morrem em profusão agarrados uns aos outros. Fugindo para o campo, os homens das cidades acham que fogem da peste, mas sempre a carregam com eles, e ela os agarra. Não tem mais ninguém para lhes dar água, para segurar suas mãos, fechar seus olhos, amarrar um pedaço de tecido em volta de seus rostos e abafar, diante de Deus, o grito de suas bocas. Ninguém para fabricar os caixões e os enterrar.

Com um sorriso em seus olhos tristes, Judith traz um presente para a família. Quatro saquinhos de algodão que serão colocados, em cada um de nós, no peito, onde bate o coração. São mais seguros que a avelã com azougue, menos raros que o diamante, mas expulsam a peste. Tarde demais, eles a curam. Não o tecido dos sacos, mas as bolas que Judith colocou bem no fundo.

É a receita da feiticeira. Agarrar um sapo grande, vivo, o mais gordo, o melhor. Amarrar as pernas traseiras com um fio e pendurá-lo em cima do fogão, exposto ao calor de um fogo brando. Enfiar em sua boca uma tigela com cera. Antes de morrer, o sapo vomita pequenos vermes, moscas verdes e terra. Secar o corpo do sapo morto diretamente no fogo, até que se transforme em pó. Com as duas mãos, amassando com força, misturar o pó e o vômito com a cera derretida. Pegar pequenas porções, enrolá-las com dois dedos formando as bolinhas. Não é tão difícil se proteger da peste. Judith chorava. Ao ver suas lágrimas, chorei também.

Antes da peste, Titus visitava os ateliês dos pintores da cidade para nosso comércio de arte, excluindo os que pintavam para os regentes. Preferia os que trabalhavam ao lado de suas mulheres e filhos, nos pátios internos ou à sombra de suas casas. Pintores que olham com amor o que os rodeia e conhecem as dificuldades de sua profissão. Titus descrevia os quadros, não os comprava. Com o comércio fraco, não saberia a quem vender essa pintura do cotidiano. Descreve o que viu, do outro lado do Lauriergracht: o filho pequeno de Gabriel Metsu, com os olhos queimando de febre, deitado nos joelhos de sua mãe; ou, então, a garotinha feiosa que ele viu no ateliê de Pieter de Hoogh saindo da sombra projetada pela casa para ir jogar *kolf*[28] no campo ensolarado. A vida não é fácil nesses tempos para os pintores que amam, para os artistas que fazem sua arte não para ganhar dinheiro e prestígio, tão curtos como suas vidas. É o que nos descreve Titus que a tristeza e o vinagre fatigam.

Aquecida pelo fogo da turfa na lareira, cato os piolhos na cabeça de Cornelia, pousada em meus joelhos. Um a um, os piolhos e as lêndeas são afogados no melaço. Um homem comido vivo pelos seus próprios piolhos, a vida é perigosa. Ao som dos sussurros das marolas negras dos canais, gritos longos como a morte varam a noite. A cada grito, o bode do vizinho dá chifradas fazendo tremer as paredes e as chamas das velas, formando ondas nos reflexos rosados dos cabelos de Cornelia; acariciam sua testa, a penugem de seu rosto e os longos cílios de seus olhos tranqüilos. Tenho muito medo. Unida a esta vida que saiu do meu ventre, a quem ofereci a morte, já não sei mais por quê. De que serviria? Para que serve todo esse mal, que bem esperamos?

---

[28] O *kolf* holandês é o precursor do golfe.

Creio em Deus Todo-Poderoso, creio em Jesus Cristo, Seu único filho, creio no Espírito Santo, na remissão dos pecados, tenho medo por minha filha, tão pequenina à mercê da peste. Piedade, Senhor, imploro, deitada de barriga para baixo, nos ladrilhos quebrados, que seja feita Tua vontade, na ressurreição da carne e na vida eterna, amém. Poupe-me, que eu não veja como tantas mães descer na vala comum o caixãozinho de seu filho morto e que, para o resto de suas vidas, sentirão o ventre vazio, sangrando. A peste matou mais do que a guerra, dez vezes mais, e sempre que houver homens na Terra ela matará, durante nossas curtas vidas.

Um mensageiro do Stadhuis bateu em nossa porta. Amanhã, às dez horas, esperam pelo pintor Rembrandt van Rijn na sala dos regentes. Enfim, o novo Grande Regente Vlooswijck quer te entregar uma das doze encomendas da Grande Galeria. A história conta que os primeiros habitantes da Holanda, os batavos, demonstraram em doze quadros sua revolta contra o invasor. Agora, o teu será o primeiro. Cada regente escolhe o pintor de sua preferência. Obter para ele uma encomenda significa mostrar aos outros seu poder. Nunca procuraste agradar a Joan Huydecoper, nunca o reverenciaste, não compareceste à festa de Joris Dolen em homenagem a São Lucas. Por um voto ele foi afastado do poder e agora está doente, de cama. E o novo regente te chama. Compreendo o que sempre repetes: essas aventuras em busca do poder, de pequenos prestígios e de grandes traições são tediosas.

O grito saiu de dentro de mim. Nossa casa. Ele semeou a peste na porta, o homem de preto, eu o vi. Coloco no chão meu pesado cesto de repolho, grito e corro atrás dele. Andries o pegou, foi o bode de Andries que o encurralou no muro com seus dois chifres. Rembrandt e Titus vêm ao nosso encontro. Cornelia, um pouco mais longe, sem sua esponja que tem de ser usada do lado de fora; para casa, grito, vá para dentro de casa. O homem diz que a dor de cabeça o fez parar na nossa porta. Todo mundo sabe, os semeadores da peste sempre mentem. Mas se não for tudo mentira, ele é um semeador da peste, da epidemia. Recuo. O homem olha assustado, em meus olhos ele também vê o medo. Os guardas municipais o interrogarão, terá de confessar, à noite eles sempre confessam. Suas duas mãos serão cortadas, depois será enforcado. Nunca mais ele semeará a peste.

Na grande sala dos regentes, ligeiramente curvado, agradeces. Será tua maior tela, maior que a da *A mudança de guarda da companhia do capitão Frans Banning Cock*. Poderá ser pintada em uma das salas do Stadhuis, numa grande sala vazia, com chave, onde ninguém poderá entrar, e bem-iluminada. (Falam apressados.) É importante manter a porta fechada para que os horríveis cheiros dos óleos de tua tinta não empestem o ar da Grande Galeria. Não entendeste a ofensa, foi melhor não ter respondido. Os poderosos fingem concordar, faz parte do jogo. Com algumas palavras, algum detalhe, eles se lembram de que esse jogo faz parte da guerra entre eles. Meu amor, na guerra do poder e da glória efêmera, tu és um detalhe.

Ao longo dos canais, ao pôr-do-sol, não se deseja mais boa noite, com um movimento de cabeça e um sopro rouco, ouve-se: "Feliz ressurreição."

Pelos vivos foste perdoado. Perdoado na Terra, com certeza, no Céu. Da falência, do contrato e das dívidas que não serão pagas. Perdoado e ofendido, no mesmo dia, penso baixinho. Os homens não mudam, nem os batavos, nem os regentes. Mas muito tempo depois que o de nariz frágil se tornar insensível até a seu próprio cheiro (a eternidade que ele não terá, seus ossos nem sua poeira), muito tempo depois que os cheiros de tua pintura desaparecerem, a luz de teu quadro iluminará novos olhos. Penso, mas nunca digo.

Pediste mil florins. Por este preço, teu aluno Govaert Flinck pintaria as doze encomendas. Rembrandt falou rápido, não queria discussões, acabariam por considerar o preço justo. Não poderias confessar que com a ajuda de Titus e de Aert farias um trabalho tão bom e tão rápido (foram meses só para pintar teu Claudius Civilis) que os regentes do Stadhuis iriam pedir, implorar para ele pintar os outros quadros. Mil florins, teu pedido foi ouvido. Eram todos homens honrados, não seria necessário um contrato, a palavra bastava. E até o silêncio. No dia 25 de outubro, com um esboço rapidamente desenhado, visualizaste a grande tela. No dia 26, o regente Huydecoper morreu em seu leito.

O ar da peste sufoca, as janelas cujos postigos ainda não foram cravados entreabrem-se à noite. Sob as estrelas do verão, nas canções que exaltam a genebra, os gritos se cruzam, os da morte e os outros. Às vezes, confundidos. Feliz sobrevivência. Enquanto houver vida até o amanhecer, vamos desfrutar de nossos prazeres. A genebra e o amor. Um dia a peste desaparecerá, será esquecida. Alguns meses depois da peste, as crianças da peste virão ao mundo com o ar purificado. As brincadeiras de roda das crianças retornarão. Até as mulheres estéreis parirão, gêmeos ou trigêmeos.

Os dois pequenos copos de genebra se reencontram, os homens da terra te perdoaram. Em agradecimento, pintarás uma grande e bela tela, a primeira a ser vista, no alto da escada da Grande Galeria. Todos a admirarão, toda a cidade, o poder, os ricos e os pobres. Mais um copo de genebra com teu amigo van

Ludick. Para reembolsar o que ainda lhe deves, sob caução, prometes um quarto do pagamento do retrato de Claudius Civilis (não é menor do que pediu Govaert Flinck). Essa quantia será bem-vinda na iminência da falência de van Ludick, um homem honesto. Talvez por necessidade ele venderá sua casa, sem demora.

Os batavos amam Deus. Com seus longos cabelos, os homens encontram coragem e a força de Sansão para defender sua liberdade; as mulheres são sempre puras antes do casamento. Os homens e as mulheres não mudam, os batavos são holandeses.

Dor de cabeça e vontade de vomitar.

Os tabeliães, os verdadeiros e os falsos, andam pelas ruas da cidade com lenço no nariz. Seguem de longe os médicos da peste. Logo que ouvem o berro do doente, quando o médico abre o tumor e vai embora, eles batem nas portas. Quem não fez seu testamento antes da peste, aqueles cujos herdeiros morreram alguns dias antes, ou os que na desolação de sua alma infectada, consideram outras pessoas que os acompanham como amigos (que com freqüência não os acompanham mais), estes pagam ao tabelião pelo último testamento com uma parte da herança.

Uma transpiração excessiva, uma ponta de febre.

Todos os dias, até a noite, no Triphuis, na mansão dos Trip sobre o Kloveniesrsburgwal, pintas o retrato de Jacob Trip que acabara de morrer. Havias feito o retrato de sua mulher, como lembrança estavas terminando o do morto. O vizinho Andries viu meu suor, falou, mas eu não quis ouvir, apavorada com a febre, não iria me deitar. O sol sobre minha febre, atravessando a cidade, seria meu último esforço. O vizinho segurando meu braço foi comigo ao escritório do tabelião Nicolaes Listingh no Herengracht. Por que trocar de tabelião quando já se conhece um?

Vomito, sinto dores. Vou me deitar.

Nicolaes Listingh percebeu que eu estava doente, mas capaz de andar e com boa disposição de espírito, boa memória e capacidade para falar. Digo-lhe que quero registrar o que possuo em nome de minha filha Cornelia. Para que meu único bem, minha participação no comércio de arte que abriga e alimenta Rembrandt van Rijn, não seja submetido às leis da Câmara dos Órfãos. Que minha filha Cornelia van Rijn herde o que pode ser transportado e o que não pode. Tudo que se passara dois anos antes da peste, mas um tabelião enxerga mais longe do que a misericórdia de Deus. Se minha filha não deixar herdeiros, piedade, Senhor, que Tua vontade seja feita, seus bens ficarão em nome de Titus van Rijn, seu meio-irmão. O tutor da criança acima mencionada será seu pai que terá pleno poder, até mesmo de vender. Por outras leis, meu amor, ficarás protegido das leis. As palavras de Nicolaes Listingh giram ainda à minha volta. Se a criança morrer antes da testamenteira e sem deixar descendentes. A febre aumenta. Assino. Gosto de assinar, faço dois traços retos. Uma cruz nua, Cristo foi ressuscitado.

Nunca a cama havia tremido. Ouço a matraca do incêndio, ela penetra nos meus ouvidos. São meus dentes que batem.

Os romanos perderam batalhas. Depois, graças a um traidor invadiram nossa bela terra. Contra eles, os batavos conduzidos por Claudius Civilis se revoltaram e expulsaram os invasores. Abraham dizia que Civilis havia ganho a batalha. Para Ephraim, Civilis tratou bem os romanos; não esquecer (e seu nome é uma prova) que Civilis havia lutado vinte e cinco anos no exército romano. Para Abraham, nenhuma fraqueza faz sombra à figura de Claudius Civilis. Os batavos são um povo livre e corajoso, os batavos são holandeses. O primeiro dos doze, teu quadro retratará o juramento dos conspiradores.

Dormir mais um pouco. Sinto tua presença bondosa, vejo teu cenho franzido, tua inquietação. Tua mão se aproxima, ligeiramente fria sobre minha testa. Eu te amo, sorrio. Minhas pálpebras estão pesadas, meu corpo está pesado, meu braço pesado demais para levantar a camisola gelada colada à minha pele.

Expulsar o invasor, as espadas prestam juramento. O vinho estimula a coragem, os batavos sabem disso. Na grande taça eles beberam o vinho da coragem, o sangue de Cristo. Sentados junto aos muros, outros personagens observam. São doze ao redor da mesa, doze voltados para Claudius Civilis. Ele é de origem real, a coroa sobre sua cabeça o faz crescer mais ainda. É o maior, o mais forte de todos. Sua pálpebra fechada esconde as batalhas, o fogo, o sangue atrás de seu olho vazado, dentro de sua cabeça. Ele viu a morte de perto, em seu olho. Ereto como uma escultura de pedra, volta-se para cada um dos doze; com um só olho, é de frente que vê os juramentos. Mas por que o olho atravessa a tela e olha para bem longe, por que tão longe do instante e da vitória prometida? Veria ele o luto, a dor? Por que ele me olha?

Cornelia passa pela parte iluminada. Seus dentes brancos riem e desaparecem na sombra. Bem pequenina, encostada na parede. Não ri mais, balança a cabeça, Titus puxa sua mão, ela grita. Titus Sansão Civilis com seus magníficos cabelos de fogo envolve em seus braços sua meia-irmã. Inclina a cabeça sobre ela. Agarrados um ao outro, agitam-se, compartilham o mesmo sofrimento. Viro a cabeça para a esquerda, com um só olho te vejo, meu amor.

Dormir um pouco mais, até amanhã de manhã. Teus lábios sussurram, já é outro dia, está amanhecendo.

O semeador da peste.
Foi o semeador da peste. Creio em Deus Pai, Todo-Poderoso, creio em Jesus Cristo Seu único filho, nosso Senhor do Espírito Santo nascido da Virgem que sofreu sob Pôncio Pilatos, crucificado desceu aos Infernos, no terceiro dia ressuscitou e subiu ao Céu para julgar os vivos e os mortos. Estou com sede.

Escuridão. Fecho e abro os olhos. Acho que fecho e abro os olhos. Foi o semeador da peste. E sou eu.
Se quisesse dormir não poderia, o zumbido em meus ouvidos soa cada vez mais forte. Como uma grande onda as chamas aproximam-se, lentamente o fogo me envolve. O lago de fogo, a segunda morte, por quê, Senhor? Batendo o queixo, a cama treme, a parede e a casa toda, é o bode do vizinho. Abraçados, meu amor, teus ombros e os de Titus tremem. O fogo queima minhas entranhas, milhares de espinhos espetam cada pedacinho de minha pele.
Depois, a cauda de espuma carbonizada encontra o mar que a leva. Uma brisa sacode as folhas que giram em torno de seus caules. Um imenso cansaço me invade. Não tremo, não me mexo, afundo em meu leito. Uma enorme sensação de paz. Espero.
As chamas das velas queimam os miasmas que flutuam no ar, entre mim e os que amo. Percebo teu sofrimento, teus olhos cansados, teu rosto encovado, perdão. O ar abrasador que emana do meu corpo secou minha língua, mas algumas palavras escapam. Vinagre. Conserve o lenço vermelho entre nós. O vinagre tem cheiro de vida.

Com os braços e pernas abertos, na poça de meu suor, pressinto o próximo tremor. Entre o incêndio e a brisa, sei que a onda voltará.

Fiz o melhor que pude. Sempre, todos esses anos ao teu lado. Para nos proteger, os quatro, fazia o que sabia, os ungüentos, os pós, o azougue e as cebolas. Lavei a porta contaminada pelo semeador da peste com vinagre quente. Os pecados dos homens despertaram a cólera de Deus, em sua cólera, Deus escolhe. Deixar-te, não te ver antes do Juízo, já sinto tua falta. Não é a morte, a dor, é o amor.

Antes que eu mesma escutasse, vi meu grito em teus olhos. Não é a febre, não são os espinhos, é minha carne em brasa, o tumor. Não consigo virar a cabeça, o sangue que circula em meu pescoço faz com que eu ouça o ruído do medo. Na ponta dos dedos já inchados aparecem a cereja, a ameixa. A parte interna da coxa, intumescida de sangue escuro, está quente, está infectada.

Ao boticário Abraham e ao doutor Ephraim, agradeço por estarem aqui, sempre amigos. Deixem esses rostos de amigos tristes, façam com que a morte seja mais serena. Um gosto amargo me dá vontade de vomitar, o veneno do corpo chega à minha boca.

Enquanto houver alguém de pé, o Senhor o fará apodrecer. Seus olhos apodrecerão nas órbitas e a língua em suas bocas.

Concordo, quero que as ventosas sejam aplicadas para aumentar e amadurecer os tumores. Nua, na frente de todos, não sinto vergonha do meu corpo, o outrora corpo rijo de Betsabé, agora amarelado e flácido, infectado por enormes sanguessugas pretas, todo picado como por pulgas, coberto de antrazes vermelhos e pretos. Na névoa que paira em meu quarto, por um instante, o rosto de Judith aparece sorrindo. Não deixe, Senhor, que eu fique demente, a não ser nos momentos das dores para que eu as esqueça. As ventosas queimam, picam, esgarçam. Mas ao mesmo tempo, a dor se concentra no meu ventre escavado, prestes a explodir; meus braços e minhas pernas se dobram sobre meu ventre vazio.

A luz cega meus olhos. O branco da toalha é um espelho onde a luz desaparece. À volta de Civilis, as cabeças inclinadas refletem-se na luz das velas, as lâminas brilhantes das espadas cruzam-se antes do juramento. Foi antes da batalha, mas bêbados ou circunspectos, bebiam a vitória.

Sede.

Pequenina, minha filha de nove anos está perto do pai. Sua mãe morta ensinou-lhe o que é a peste, mas a peste não é a vida. Nove anos. Obrigada pelas bolhas de cerveja que arranham a língua e a garganta. Nove vezes sete, sessenta e três. É o ano do climatério e também os números deste ano. É a mim que os números de Deus ameaçam. O zumbido nos meus ouvidos não me deixa ouvir bem. A voz de Ephraim é clara:

— Muito cedo para lancetá-los, os tumores não estão bem maduros.

Minha voz rouca desaparece. Não me deixe morrer cheia de veneno, de vermes, de cheiros fétidos.

A febre me estrangula:

— Rembrandt, escuta-me, mais perto, mas não muito. Acredito que a mistura dos óleos colados em tua pele te protege da peste, mas a vida é perigosa neste quarto. Acredito também que o tomilho, a arruda, o sarmento da vinha e a cânfora queimados protegerão teu nariz do mau cheiro do meu corpo.

Que as lembranças cheirem melhor que esta morte que transpira. Colada nos lençóis úmidos, o fim está próximo; não precisas me dizer, mesmo baixinho, eu sei. Cada noite, desde a primeira peste do verão, entre teus braços, entre tuas coxas, transpirei debaixo de ti, em cima de ti, de todas as maneiras possíveis. Para esquecer a peste. Se os pregadores têm razão e se a cópula por trás, como os animais, é pecado, então, neste último mês pecamos a cada noite como se fosse a última, o último pecado antes da peste do amanhã. Feliz ressurreição. Prevendo tua surpresa, ao ouvir teu grito de leão capaz de acordar um bode, a cada vez eu me dizia que seria a última, qualquer dia a vida se extinguiria, tu em mim, eu esmagada debaixo de ti.

Ainda vomito.

Algumas vezes trabalhavas até a hora de dormir. Na tua camisa dourada, os traços amarelos, vermelhos e brancos de tuas tintas cruzavam-se como no choque das espadas dos conspiradores. Na manhã seguinte eu ia à cidade com Cornelia, à Dam, para comprar a cerveja, os arenques, o queijo e o pão para ti, Titus e Aert.

Sobretudo, não morrer sem recordações. Um ano antes da peste, no Stadhuis, as filhas dos notáveis em seus belos e coloridos vestidos de cetim brincavam e riam, se entreolhavam no brilho das gotas de madrepérola penduradas em suas orelhas. Ainda não tinham abandonado a cidade, deixando a morte às suas costas.

Cornelia pulava num pé só nos ladrilhos brancos e pretos da Grande Galeria. Diante do retrato de Claudius Civilis, olhou-o dentro do olho. Lentamente virou a cabeça para a direita. Mas o olho a acompanhava.

Estou com fome mas minha garganta rejeita. Certo de que eu estava com fome e que me faria bem, Rembrandt traz em suas mãos um prato de *susenol*.²⁹ Quando o prato se aproxima do meu nariz, para não vomitar, viro-me rápido para o outro lado.

Os vermes precisaram de quatorze anos para fazer seu trabalho. Digerem bem devagar a serragem da madeira.

Não reconheço em mim o interior e o exterior. Minha barriga cheia de água, molhada de suor, e o veneno que o corpo expele por todos os seus orifícios. Somos o que és, serás o que somos. Piedade. Não deixeis que os vermes na minha cabeça me matem demente.

Judith entrou no quarto com três galinhas. Galinhas das Índias. Rembrandt balançou a cabeça. Judith fala ainda mais baixo que de hábito para não incomodar, mas é para meu bem. Com um suspiro digo que sim, posso agüentar. Judith tem amigas feiticeiras, o que as ventosas dos doutores não conseguiram fazer as galinhas das Índias o farão, rebentando os tumores.

É necessário que sejam muitas galinhas porque o veneno pode matá-las. Foi no último dia, quando a última camada de tinta transparente como o gelo seria colocada antes do verniz. Reconheço esta paz em tua fisionomia quando o quadro assemelha-se à tua visão; quando em tua busca teu pincel te transporta para além de nosso mundo. Três ou quatro grãos de sal no cu da galinha. Imediatamente ele se dilata e se fecha; é bem amarrado e começa a arder. Com uma das mãos Judith segura o corpo da galinha, com a outra tapa-lhe os olhos e fecha seu bico. Um regente baterá em nossa porta; sem fazer perguntas ele a abre. Judith coloca o cu da galinha na minha virilha, em cima do tumor. Ele verá a sala vazia, a fileira de potes e bisnagas, a grande tela na parede. Sentirá os cheiros. O calor do cu da galinha queimado

---

²⁹O *susenol* era tomado no café da manhã, principalmente no campo, e era considerado mais um remédio energético do que um alimento: consistia em ovos batidos com cerveja.

pelo sal, por um segundo, acaricia o tumor negro. Melhor do que a ventosa de vidro, o sopro quente de suas entranhas aspira o veneno, toda a doença, a morte para dentro do seu cu. Ela sacode a cabeça, como eu gostaria de gritar. O regente chamará os outros e reunidos admirarão a tela. Um ou dois dias depois, enviarão um mensageiro ao Rozengracht agradecer e felicitar Rembrandt van Rijn.

Quando jovem eu rangia os dentes, fazendo o ruído de um crânio que sorri. Minha mãe pensava que era febre, sentava-me em seus joelhos e me contava as torturas espanholas, o velho que bebeu o próprio sangue que escorria do pescoço. Ela contava, eu rangia os dentes, mas nunca minha cama tremeu como agora. Sede.

Há dois anos, Rembrandt van Rijn, meu marido para toda a vida, vendeu para Pieter van Gerven, coveiro da Oude Kerk, o pequeno túmulo onde, há vinte e um anos, Saskia se desfez em pó. Com esse dinheiro comprou uma nova concessão na Westerkerk, mais próximo do Rozengracht. Estaria ele prevendo a peste?

Com o vinagre no nariz, os olhos vermelhos, Judith sorri. Ela quer falar tudo, mas pensa que tenho medo. Ela não sabe que a dor e a demência matam o medo. A galinha puxou o tumor, trouxe-o para a superfície da pele. Agora para amadurecê-lo será colocado um cataplasma. É uma grande cebola escavada e cheia de teriaga. Cozido nas cinzas, com semente de mostarda, uma pitada de excremento mole de pombo, pedra de magneto, socados na banha de porco. Colocado bem firme sobre o tumor, amanhã ele poderá ser lancetado.

Sede. Durante toda a noite meu corpo foi sacudido por soluços. Quando o vento amaina, os olhos abertos à luz da vela, espero. Ouço ao longe a primeira escuma que estremece.

Ao fim de dez dias, o silêncio dos regentes tornou-se insuportável. Com certeza não gostaram. Impossível, rugia o leão ferido, andando de um lado para outro em sua jaula. Como se atreveriam? Os regentes têm todos os direitos até a sua própria covardia.

Da praça Dam ao Jordaan, rapidamente, van Ludick chegou ao Rozengracht. Senta-se. Triste, sorri agradecendo, não quero genebra esta noite. Suas perguntas não tiveram resposta. Nada foi dito, nada de concreto, transparente, só dúvidas. Cornelis Witsen é o novo regente. Ele não gostava de Rembrandt? Foi ele quem retirou a casa de Rembrandt da Câmara dos Órfãos, foi Cornelis Witsen quem vendeu a casa da Breestraat. Não é homem de perder dinheiro. Sozinho reembolsou seus quatro mil florins (e seu dinheiro do direito de preferência). O regente defende a moral do dinheiro e do poder. Aquele que se servir das leis para não pagar suas dívidas jamais será perdoado. Mesmo se os que atualmente o julgam o roubaram, a tal ponto que se pensou que o haviam assassinado, a ele e a sua pintura que cheira, a ele e suas sombras.

Na luz, a lâmina da lanceta de Ephraim Bueno brilha.

Um regente não insulta outro regente que, por um voto, perdeu seu lugar no Stadhuis. Insulta o pintor escolhido por seu inimigo no poder. Pequenas histórias de vidas medíocres. Como se já tivesse sido contaminada pela peste naquela noite, senti um gosto amargo na boca. Vivem vidas medíocres aqueles que perderam a honra, que vão arder no lago em fogo.

Não serei amaldiçoada, não conhecerei o fogo eterno. Somente a lanceta que rasga o tumor.

O grande banquete de Claudius Civilis foi retirado da parede do Stadhuis, enrolado pelo avesso (a pintura rachada escondida no meio) e entregue ao pintor Rembrandt, no Rozengracht. Sem pagamento, sem mensagem, só algumas palavras de um dos três carregadores. Eu me lembro. Que o pintor refaça a pintura usando cores reais, em pessoas reais, não alguém que só tem um olho para olhar a vida.

    Observo, escuto ainda. Se estou viva depois da mordida em minha carne, agradeço a Ephraim a incisão que fez em forma de meia-lua no tumor. Nos vapores do vinagre, eu o felicito. A infecção negra deixa o corpo doente. Mais um copo de cerveja morna na boca colada pelos dentes que batem. Algumas bolhas na língua preta e sedenta, antes da chama que cauteriza.

    Lembro-me ainda, não morrerei, não esta noite. Em uma noite de genebra, quisestes desenrolar a grande tela. Pela primeira vez, querias rever a reunião na mesa dos conspiradores, o messias Civilis e seus apóstolos, querias também encontrar e denunciar o traidor. Não cansavas de dizer que, apesar dos serviços prestados aos covardes conspiradores do Stadhuis, eles não tiveram um só olho para ver teu quadro. A casa é pequena, a sala da frente menor ainda para a enorme tela. Então, sobre o comprido rolo, no lado oposto da pintura enrolada, golpeaste com tua faca o traidor e seus conspiradores, os covardes e os cegos. Com palavras, calma e beijos, Titus e eu conseguimos te levar até a cama. Depois, na luz rósea da aurora, nos ladrilhos do lado de fora, Titus desenrolou a tela. Os golpes de faca foram tua vingança. Cortaram o fundo, furaram e rasgaram ao redor da mesa, em volta dos conspiradores, porém nem um só rosto foi furado. Nenhum.

    Falta-me ar, a chama que cauteriza aspira tudo. Só gritos para engolir. Os vivos sabem que irão morrer, mas os mortos ignoram tudo. Caio num poço sem fundo, as longas garras de minhas mãos seguram com força o lençol. As mandíbulas do dragão do Apocalipse, as mandíbulas de fogo das sete cabeças do dragão me devoram. Senhor, farás um milagre com os mortos? Os mortos serão ressuscitados para Te celebrar?

Nós nos reencontraremos na eternidade. Sentirei tua falta, já a sinto agora. Ainda não tenho medo. Conheço a misericórdia de Deus. Rembrandt, Cornelia e Titus estão na minha frente mas não os vejo. Obrigada, Senhor, por não ser eu quem sofre a dor de ver um deles me deixar viva, com meu sofrimento.

Só os homens são enterrados. Será meu primeiro enterro.

O insulto será ainda maior. Os regentes se apropriam de um desenho de Govaert Flinck e o entregam a Jurriaen Ovens, que, dessa forma, será o autor da primeira pintura da revolta dos batavos. Em quatro dias, por quarenta e oito florins. Vigio o primeiro arrepio, percebo o tremor.

Comparadas aos batavos e à ressurreição, nossas vidas são passageiras. Há anos ao teu lado aprendo a diferenciar, a conhecer o prazer ou a dor a distância e de perto. Começo a me desprender de minha vida e de minha morte. Mas não da dor que revela a cor de teu rosto inclinado para trás. Nem a da minha criança que não verei crescer, minha carne, meu sangue e seu riso.

— Abraham, querido Abraham Francen, aproximai-vos mais um pouco, conservando a chama entre nós dois. Quero lhe fazer um pedido, ajudai Rembrandt. Peço a vós e a vossa bondade, quereis ser o tutor de Cornelia? Para o melhor sempre a guiará e nunca contra seu pai, mas graças à vossa intervenção, sem as leis da Câmara dos Órfãos.

Querido Abraham, obrigada. Eu vi, várias vezes fechastes os olhos tentando responder e escondendo as lágrimas.

Tudo se juntou no meu ventre vazio, a dor deu um salto sobre o meu corpo esquartejado e fugiu pelos braços e pernas bem compridos. A comunhão dos santos, o perdão dos pecados, a ressurreição da carne e a vida eterna, é o dilúvio que me contorce e me sacode.

Rembrandt, Cornelia e Titus, seus adorados rostos distanciam-se. Para melhor deixá-los, para que os lamentos se desfaçam e se apaguem. Minhas mãos se fecham e escorregam no lençol. Com um suspiro rouco, respiro ainda. No entanto, na cama que treme, sinto-me mais leve. Sei que a alma se separa do corpo e se eleva ao Céu após a morte. As ovelhas à Sua direita, as cabras à esquerda. Estas sofrerão o castigo eterno, mas os justos terão a vida eterna. É um poço sem fundo, tenho medo, a puta de Rembrandt tem medo.

Sempre eles estarão aqui, os notáveis e os regentes com seus lucros imediatos e suas mentiras. Depois deles, seus filhos e suas vidas medíocres macerados no mesmo dinheiro e no mesmo poder. Mas Rembrandt estará sempre aqui. Sempre Deus escolherá um.

Obrigada, Rembrandt, não te disse tudo. Junto de ti, jamais sonhei com outra vida. Ela começou em teus braços. Nasci para a vida nos teus olhos, há quatorze anos, na Breestraat. Ensinaste-me o bem e o mal, até a morte.

Vivi para ti, por nossa filha, meu amor, e para tua pintura. Graças aos teus pincéis e às tuas cores, por muito tempo percorri a vida e serei vista pelos olhos dos que viverem. É noite em meu quarto transpassado por um brilho prateado. É lua cheia, é a lua cheia da peste que mata mais.

Sabendo que tudo estava consumado, Jesus disse: "Tenho sede." Depois de ter bebido o vinagre da esponja presa na azagaia, Ele entregou Seu espírito nas mãos de Seu Pai. Foi o vinagre na esponja que matou Cristo.

Vinde a mim os abençoados por meu Pai, recebei em troca o Reino que foi preparado para os eleitos desde a criação do mundo. Minha cama está seca, sinto-me elevar mais alto que meu suor.

Não sei se é o veneno que sobe à minha cabeça. Minha mãe dizia que ao bater à porta da eternidade, a vida pulsa, as lembranças se avivam. Não dizia se era possível ver após a vida. Dois dedos fecham minhas pálpebras, dois dedos que cheiram a óleo de cravo. Logo Judith cobre os espelhos e vira ao contrário os quadros na parede.[30] Não chore, não sabes mas eu ainda enxergo. Minha filha linda, Titus retirou-a do quarto, para longe da morte e do horror.

Rembrandt amarra no alto da minha cabeça um lenço que passa por baixo do meu queixo; pela última vez os dentes de baixo encontram-se com os de cima. Obrigada, meu amor, por abafar meu último grito, que Deus traga a paz em meu rosto. Rápido sob a pedra sepulcral na Westerkerk, para que possas de novo olhar de frente a luz que ilumina tua paleta. A pasta espessa que cheira bem, a alucinação dos golpes de faca. Vejo as tintas e ouço teus lamentos.

Ouço os risos das crianças e suas pernas de pau que batem nas pedras das ruas da cidade.

Vejo o fim dos túneis de madeira que o exército de vermes cavou durante quatorze anos, deixando para trás mais buracos que madeira. Param, por um instante, no final em meio à serragem, ofuscados pelo reflexo do sol na água, avançam de novo. Não sabem que a água afoga os pequenos vermes.

Com o sinal-da-cruz, São Nicolau recompôs os pedaços das crianças que estavam na salgadeira do açougueiro e as ressuscitou. As crianças estão na Terra para que seus risos sejam ouvidos,

---

[30] É uma tradição após o falecimento.

para cantar e festejar São Nicolau. Mas os regentes e os homens de preto proibiram os festejos do amigo das crianças, proibiram também a venda das bonecas de pão com especiarias e amêndoas por três florins.

Pedaços de pano molhados em água-de-rosas e mirra retiram os últimos espinhos de minha pele. Titus, meu filho, meu irmão, ouço teu choro, ouço também os lamentos da peste. Os risos despedaçados de uma mulher e os gritos de uma criança sozinha na Terra. Desde que nasci, há quatorze anos, na Breestraat, sabia que se morresses antes dele, a vida de teu pai se extinguiria. Sete vezes nove, sessenta e três, a vida é perigosa.

Eles batem os tambores, batem nas portas da cidade. Seus risos queimam os regentes e os pregadores.

Ele ressuscitou dos mortos, Ele subiu ao Céu. Sob a pedra sepulcral na Westerkerk, com o rosto voltado para o leste, verei, cada manhã, o despertar de tua vida. Contarei um a um os dias que nos aproximam. Sete vezes nove.

Mais suaves que uma onda, menos salgado que a espuma, teus dedos acariciam meu rosto.

A madeira quebrará, a madeira dos diques.

A cólera das crianças fez com que os regentes permitissem a festa de São Nicolau. Milhares de São Nicolaus feitos de pão com especiarias. A gulodice das crianças encolerizadas, desta vez, fez os regentes recuar.

A tempestade será tão forte que não se distinguirá se são as ondas ou a madeira que se quebram.

Teus dedos suaves acariciam meu rosto.

Só acontecerá depois, quando Deus já tiver submergido os pecados da Holanda, quando Sua cólera já tiver sido aplacada, as águas baixarão e aqueles que sobreviverem à peste e ao dilúvio verão os milhares de pequenos túneis cavados por milhões de vermes na madeira despedaçada dos diques.

Não é um suspiro. Não é uma nuvem que atravesso. São tuas lágrimas em meu rosto. Teus dedos as recolheram no canto de teus olhos. Comigo, que te deixei, tu as divides.

POSFÁCIO

A dolorosa agonia de Hendrickje será a mesma dos futuros mortos.

Em 10 de fevereiro de 1668 Titus casa-se com sua prima Magdalena van Loo. Em 4 de setembro do mesmo ano Titus morre, provavelmente de peste. Seis meses mais tarde, em 19 de março de 1669, nasce sua filha, a quem Magdalena dá o nome de Titia.

Em 4 de outubro de 1669, treze meses após a morte de seu filho, morre Rembrandt van Rijn, aos sessenta e três anos, a idade do grande climatério. Passara por muitas perdas, muitos desgostos. Foi enterrado na Westerkerk.

Em 17 de outubro, duas semanas após a morte de Rembrandt, morre Magdalena van Loo. A pequena Titia não tinha um ano de idade.

Tendo como testemunha seu tutor Abraham Francen, Cornelia casa-se com um jovem pintor, Cornelis, e vai morar na "Batavia" (Bali), onde nasceram seus dois filhos, um menino e uma menina que receberam, respectivamente, os nomes de seus pais: Rembrandt (nascido em 1673) e Hendrickje (em 1678). Em sua ilha nos confins do mundo, não se ouviu mais falar dela.

Titia morre em 1728, sem deixar descendentes.

Creio poder afirmar que tudo neste romance é verdade. Nada foi inventado. Os processos, as receitas, os cheiros, o armário, o espelho... Nem as obras e a bondade. Os procedimentos referentes à ação dos tabeliães, as cartas e os quadros são a prova, porém a descrição do inventário seria cansativa.

Além das biografias, li documentos, pesquisei as testemunhas e os contratos; demoradamente interroguei os quadros e as gravuras, comparei o sofrimento das horas adversas nos olhos retratados na tela, ou nos anos que ficara sem pintar. Neles encontrei os medos, os sofrimentos e as esperanças. Encontrei também a peste.

Conhecendo a injustiça nos julgamentos e as dores que a feriram, o destino de Hendrickje Stoffels me tocou. Seu olhar pintado por Rembrandt nos fala de sua alma profunda e de sua generosidade. Para entendê-la melhor fui ao seu encontro e, juntas, tentamos reunir nossas lembranças.

S. M.

OBRAS DE REMBRANDT CITADAS

A mudança de guarda da companhia do capitão Frans Banning Cock (A ronda noturna) [pintura], 1632. Mauritshuis, Haia.
A peça de cem florins (gravura), 1648.
Medéia (gravura), 1648.
Betsabé com a carta do rei Davi (pintura), 1654. Louvre, Paris.
O homem com o capacete de ouro (pintura), 1650. Gemäldegalerie, Berlim.
Jan Six (desenhos e gravuras), 1647.
Auto-retrato (pintura), 1652. Viena.
O Stadhuis no dia seguinte ao incêndio (desenho), 1653.
Clément de Jonghe (gravura), 1651.
Aristóteles contemplando um busto de Homero (pintura), 1653. Metropolitan Museum, Nova York.
José e Maria no estábulo (gravura), 1654.
A fuga do Egito (gravura), 1654.
Jan Six (pintura), 1654. Coleção Jan Six, Amsterdã.
A descida da Cruz (gravura), 1654.
L'Ecce Homo, ampliado (gravura), 1654.
Os peregrinos de Emaús (gravura), 1654.
A Santa Família (gravura), 1654.
Titus a sua escrivaninha (pintura), 1655. Museu Boymans van Beuningen, Roterdã.
Abraham Francen (gravura), 1657.

Hendrickje no banho (pintura), 1655. National Gallery, Londres.
Thomasz Haaringh (gravura), 1655.
Retrato de Hendrickje (pintura), 1660. National Gallery, Londres.
O boi esquartejado (pintura), 1655. Louvre, Paris.
Cristo no Monte das Oliveiras (gravura), 1657.
Titus (pintura), 1658. Wallace Collection, Londres.
São Francisco de Assis (gravura), 1657.
A lição de anatomia de John Deyman (pintura), 1656. Rijksmuseum, Amsterdã.
Auto-retrato (pintura), 1658. Frick Collection, Nova York.
Jacó lutando com o anjo (pintura), 1659. Gemäldegalerie, Berlim.
Titus vestido de monge (pintura), 1660. Rijksmuseum, Amsterdã.
Alexandre (pintura), 1655. Fundação Calouste Gulbenkian, Portugal.
Auto-retrato (pintura), 1659. National Gallery of Art, Washington.
Hendrickje (pintura), 1660. Metropolitan Museum, Nova York.
A samaritana (pintura), 1660. Gemäldegalerie, Berlim.
Homero ditando a um escriba (pintura), 1663. Mauritshuis, Haia.
O evangelista Mateus inspirado por um anjo (pintura), 1661. Louvre, Paris.
O apóstolo Paulo (pintura), 1661. Rijksmuseum, Amsterdã.
Jacob Trip e Marguerite de Geer (pinturas), 1661. National Gallery, Londres.
A conspiração de Claudius Civilis (pintura), 1661-1662. Museu Nacional, Estocolmo.

Obras de outros artistas

Uma paisagem, de Hercules Seghers (pintura).
Um pintassilgo, de Carel Fabritius (pintura).
Marghareta Tulp, de Govaert Flinck (pintura).

BIBLIOGRAFIA SELETIVA E FILMOGRAFIA

Jacqueline BROSSOLLET e Henri MOLLARET. *Pourquoi la peste? Le rat, la puce e le bubon.* Gallimard Découvertes.

Jean CALVINO. *Le Catéchisme de Genève.* G.K.E.F.

Jean CHEVALIER, Alain GHEERBRANT. *Le Dictionnaire des symboles.* Bouquins /R. Laffont.

J. Cottin. *Traité de la peste* (reeditado em 1721).

Daniel DEFOE. *Journal de l'année de la peste.*

Pierre DESCARGUES, *Rembrandt.* Lattès.

La Bible et les Saints (Tout l'Art). Encyclopédie Flammarion.

A Bíblia. O Antigo e o Novo Testamento.

Pierre-Jean FABRE. *Remèdes curatifs et préservatifs de la peste* — reimpresso em 1720.

L. GAGNEBIN, A. GOURMELLE. *Le Protestantisme.* La Cause.

Les Canons de Dordrecht.

Jean GENET. *Le Secret de Rembrandt.* Gallimard.

Jean GENET. *Ce qui est resté d'un Rembrandt déchiré em petits carrés...* Gallimard.

Guides Gallimard, Amsterdã.

Bob HAAK. *La Peinture hollandaise au siècle d'or.* Dumont.

Cornelis HOFSTEDE DE GROOT. *Die Urkunden über Rembrandt.*

J. J van LOGHEM. *Le rat domestique et la lutte contre la peste au XVIIe siècle.* Masson & Cie. 1925.

Les Maîtres de Delft, Waanders Publishers.
Jan MENS. *La Vie passionnée de Rembrandt*. Intercontinentale du Livre.
Emile MICHEL, *Rembrandt, sa vie, son oeuvre et son temps*. Hachette, 1893.
Johannes NOHL. *La Mort noire*. Payot.
Rembrandt eaux-fortes, Museu do Petit Palais.
Rembrandt, le maître et son atelier. Flammarion.
Simon SCHAMA, *L'Embarras des richesses*, Gallimard.
Gary SCHWARTZ. *Rembrandt, his Life, his Painings*. Penguin.
Seymour SLIVE. *Dutch Painting 1600-1800*. Yale University Press.
Seymour SLIVE. *Rembrandt and his Critics*.
Tout l'oeuvre peint de Rembrandt. Flammarion.
Christian TÜMPEL. *Rembrandt*. Albin Michel.
C. VOSMAER. *Rembrandt, sa vie et ses oeuvres*, 1877.
F. P. WILSON. *la peste à Londres au temps de Shakespeare*. Payot.
Paul ZUMTHOR. *La Vie quotidienne au temps de Rembrandt*. Hachette.

FILMOGRAFIA

Ingmar Bergman, *O sétimo selo*.
Carl Dreyer, *Ordet*.
Pier Paolo Pasolini, *O Evangelho segundo São Mateus*.
Lars von Trier, *Ondas do Destino*.

Este livro foi impresso nas oficinas da
Distribuidora Record de Serviços de Imprensa S. A.
Rua Argentina, 171 – Rio de Janeiro, RJ
para a
Editora José Olympio Ltda.
em junho de 2005

*

73º aniversário desta Casa de livros, fundada em 29.11.1931